U0925259

图书在版编目（CIP）数据

村上春树·旅 / 宫本雅俊著. —北京：北京联合出版公司，2016.5（2016.6重印）（2016.7重印）（2016.8重印）（2016.10重印）

ISBN 978-7-5502-7440-2

Ⅰ.①村… Ⅱ.①宫… Ⅲ.①散文集–中国–当代 Ⅳ.①I267

中国版本图书馆CIP数据核字（2016）第071300号

村上春树·旅

出 品 人：唐学雷
作　　者：宫本雅俊
责任编辑：闻　静　徐秀琴

北京联合出版公司出版
（北京市西城区德外大街83号楼9层　100088）
北京旭丰源印刷技术有限公司印刷　新华书店经销
字数：150千字　787毫米×1092毫米　1/32　印张：6.5
2016年5月第1版　2016年10月第5次印刷
ISBN 978-7-5502-7440-2
定价：39.80元

如发现图书质量问题，可联系调换。质量投诉电话：010-82069336

村上春树

旅

りょこう

宫本雅俊・作品

北京联合出版公司
Beijing United Publishing Co.,Ltd.

寻找，世界尽头

遇见，失去的人

迷失，岁月森林

美食，自我之旅

你好，我是村上春树

前言　把一切都留在身后

在远方的鼓声呼唤下

我踏上漫长的旅途

裹起一件旧大衣

把一切留在身后

——土耳其旧时民谣

村上春树在三十七岁的时候决定离开日本，去欧洲生活。因为担心一直待在日本，有可能在应付日常生活的琐碎里稀里糊涂地上了年纪，有可能不知不觉之间失去什么。人生很长，很容易将日子过得莫名空白。但总有一些时刻，会让人在心中燃起某种冲动，很想将真真实实、可以触碰到的有生之日掌握在自己的手心里，踏上漫长的旅途似乎能够帮助自己做到这一点。

II

其实，每个人都会在莫名的一刻，心头忽然涌起这样的念头：对于我们自己的人生来说，总有那么几件事情，或都几个时间点，是具有重要意义的分界纤。这些人生漫长岁月中的一粟，就像是分割点一样，将我们的人生切割成了一段段具有不同意义的旅程。

当时的村上春树将自己的四士岁看成一条分界线，他认为四十岁是一个大的转折点，在这个转折之后，人生将留下些什么，抑或带走些什么，不论自己情愿或者不情愿，都是无路可退的一种状态。这个世界不会因为你走过一条自己不满意的道路而重新安排一条新的道路让你再走一遭。人生就是这样一条只能向前、无法后退的单行道，倘若不能按照自己喜欢的方式，去做自己喜欢并一直想做的事情，那可能这一生就再也无法实现自己心中最初的那份渴求，当初觉得简单却因为各种原因没有去做的事情，在后来会变得越来越无可奈何，甚至无法完成。

在远离日本的那三年里，村上春树完成了两部长篇小说，一部是《挪威的森林》，另一部是《舞！舞！舞！》。在孤立的、短暂的异国生活期间，他一声不响地埋头写小说，那些澎湃的文字从他笔下倾泻而出，好像不用思考一样。

III

《挪威的森林》很快出版，并且成为令人喜爱的畅销小说，这让村上春树始料未及，甚至觉得有一点匪夷所思。他不过是在惯性向前的人生道路上及时地拐了一个弯，便收获了与众不同的生命色彩。假如他当实没有选择离开日本，还在往日陈旧的生活中不断重复，也许就没有销往世界各地的畅销小说。我们总是习惯于轨道上的生活，虽然觉得乏味和索然，一想到偏离轨道之后可能会出现的种种不妥，就望而却步了。

在不断地画地为牢中，我们禁锢了自己的脚步。我们做着自己习惯却不喜欢的事情，过着已经成了惯性却没有激情的生活。我们不愿为自己任何的心血来潮付出代价，只想在千篇一律的光阴中维持平稳。

“一天早上睁眼醒来，蓦然侧耳倾听，远处传来鼓声。鼓声从很远很远的地方、从很远很远的时间传来，微乎其微。听着听着，我无论如何都要踏上漫长的旅途。这也没什么不妥。毕竟听见了远方的鼓声。此时此刻，我觉得这是唯一使我踏上旅途的缘由。”（《远方的鼓声》，林少华译，上海译文出版社）

这是村上春树在他的游记前言中写的一段话，他听到了远方的召唤，听从了自己内心的声音，不论这声音是多么微弱，他义无反顾地踏上了全新的旅途。

他曾经说过："不管全世界所有人怎么说，我都认为自己的感觉才是正确的。无论别人怎么看，我绝不打乱自己的节奏。喜欢的事情自然可以坚持，不喜欢的怎么也长久不了。"在读大学的时候，村上春树就是一个有着自己步调的人，他发现自己总是不能很好地和别人统一步调，无法做到真正地融入群体，但他并未因此感到惶恐，而是宁愿孤独，也不肯随波从众，去过自己不愿意过的生活。

其实生命不过如此，不论好与坏，喜欢或厌倦，统统一力承担，这就是我们的生活。对于村上春树来说，他从来不会认为自己是天才型的写作者，他只是安静地顺从于生活。二十五岁的时候，村上春树在国分寺开了一间爵士酒吧，白天卖咖啡，晚上当酒保。他一边经营酒吧生意，一边读书，那段时间是他人生中最自由与静谧的时光，他做着自己喜欢的事情，按照自己喜欢的方式生活。

当他决定离开了，便收拾行囊，踏上旅途，前往异国他乡，在别处过着轻盈的生活。重回日本后，他端坐在桌前回想起那三年的事情，仍然觉得不可思议，多少次回想起来，依然能够感受到关于过去那三年岁月中依稀的失落感，奇妙而难忘。那是有质感的空白，就像激流中的小筏，漂浮于水流之中，无法靠岸，没有依靠。那三年的记忆似乎没有任何意义，但又于某种意义上来说，对于村上春树是不可抹去的现实，他无论身处何地，都会感受到那三年记忆的触感，就像沉睡的夜色中，突然伸出一只拉拽的手，拖着他重回记忆之中。

心甘情愿深入自己喜欢的生活中，将自己所感受到的、所想到的原模原样地复制成文本，对于村上春树来说，写作与生活一样，就是这样朴素自然，没有任何虚饰和伪装。他诚实地面对自己，这并不能称为生活的某种哲学，但其中的确含有一些类似于经验的东西，一些虽然并不值得推而广之，但也可以记录在册的感悟。

艾弗利德·德索萨说过这样一段话："很长一段时间，我的生活看似马上就要开始了，真正的生活，但是总有一些障碍阻挡着，有些事得先解决，有些工作还有待完成，时间貌似够用，还有一笔债务要去付清，然后生活就会开始，最后我终于明白，这些障碍，正是我的生活。"没有什么完美的百分之百生活，我们从最初走到最后，不过是一个漫长修炼的过程，当某一天，我们能够明白幸福并不因上下求索而得到，而是生活本身时，我们的痛苦、迷茫便都消失了。

寻找，世界尽头

我想起自己在过去人生旅途中失却的许多东西，
蹉跎的岁月，
死去或离去的人们，
无可追回的懊悔。

——《挪威的森林》（林少华译，上海译文出版社）

从涩谷车站开出的记忆列车

时间是这个世界上最居心叵测的事物，它悄无声息地就能带走我们试图珍藏一辈子的东西或是情感，因为有了时间的存在，我们总是后知后觉地发现，自己失去了多少东西。然后试图去寻回那些当时我们未曾重视、事后却格外想要握在掌心的东西，但没有一样是可以找回的。

“寻找”是一个孤独的词语，即便我们能够清清楚楚地觉察出我们要找的东西在什么地方，但我们就是无法伸手探到。对于村上春树小说中那些整日出入爵士酒吧、坐在吧台前和调酒师以及酒吧老板身边没完没了地喝那些凉得有些过头的啤酒的青年来说，时间本是不重要的，他们从不在乎岁月的流逝，就像他们压根儿不考虑自己，也不会想到别人。在他们眼中，这个世界就如同湛蓝高空上飘过的云彩，好看、虚幻、不真实，一阵风吹来，云彩散得无影无踪，他们的世界也好像被吞噬一般消失殆尽。

在村上春树笔下，主人公永远年轻，却拒绝年轻，在正当好的时光里，他们郁郁寡欢、闷闷不乐，为大好的青春不快，为短暂的欢愉皱眉，生活在他们眼中若有若无，他们从不想对生活负责，也不想生活绑住他们。在《1973年的弹子球》中，“我”大学毕业，顺利找到一份工作，并且一路攀升，成为完全不用为生活担忧和愁虑的年轻人。正因为如此，“我”在二十五六岁的年纪里，度过了“午后阳光一般温暖平和的日子”。

这样好的光阴，本没什么可以抱怨的，但对于“我”来说，却也没什么可惊喜的。在平稳的时间更替中，“我”总是觉得孤独、不快乐，“我”和朋友鼠都是孤独的品鉴者，终日在昏暗的旋涡中彷徨，等待着能够拯救的人出现，伸出手，将旋涡中的自己拉出去，拉回岸边。但期待的拯救者始终没有出现，“我”就像冬天里被扯掉翅膀的麻雀，扑棱在没有吃食的荒野大地上，有气无力地挣扎，而鼠则是“我”唯一的同伴。

终日在昏暗的旋涡中彷徨，等待着能够拯救的人出现，伸出手，将旋涡中的自己拉出去，拉回岸边。

“我”和“我”的朋友在涩谷去南平台的坡路旁的一座商品楼租了个套间，开了一家专门搞翻译的小事务所。“我”的事业顺风顺水地展开了，因为资金是“我”朋友的父亲出的，所以事务所不需要为钱的事情而发愁，除了房间的押金之外，还买了几张桌椅板凳，置办了一些办公用品，接着用剩余的钱定做了一块招牌，挂到了办公室外，随后在报纸上刊登了一条广告，余下的时间，便是坐在办公室里，喝着威士忌等着顾客光顾了。这是发生在一九七二年的事情，是发生在无聊但什么也不会担忧的时间里。

顺遂的日子并没有让“我”心生感念，“我”在平稳的日子里渐渐感到无趣，那是一种怎么都无法明亮起来的感觉，好像灰扑扑的阴天，所望之处，没有希望。孤独伴随着茫然，在村上春树的笔下，主人公总是要经历这样的心理崩塌然后自建的过程，这大概就是村上春树认为的成长方式，在《1973年的弹子球》中也是如此，毫不例外。“我”对于现实生活的不断逃避和不满，令“我”开始向往回到过去的岁月中躲藏起来，毕竟记忆的温暖是历历在目，让“我”能够信赖和依靠的。

但过去并不是那么容易找寻的，对于“我”来说，时间就好像被在哪里突然切断了似的，“我”找不到断裂痕迹的所在，也找不到回到过去的时间入口。“我”无法等到拯救者，也无法自己拯救自己，“我”只能面临大海，看着一个季节离去，这并不是什么大不了的事情，季节更迭，时光流转，人生本就是流光转瞬的行程。

至于鼠，他一直孤孤单单地在爵士酒吧和海边灯塔游荡，鼠的孤单同“我”不同，在“我”致力于寻回过去的时候，鼠大多数时间待在海港，在那个可以望见好几架起重机、游船坞、盒状仓库、货轮、高层建筑的海港。他静静地待在那里，就像沙滩上的一粒沙尘，试图隐没于宽广的滩涂之上。“远处，左边有庞大的海港。可以望见好几架起重机、游船坞、盒状仓库、货轮、高层建筑等等。右边，沿着朝内里弯曲的海岸线，静静的住宅街、游艇专用码头、酿酒厂的旧仓库接连排开。其空缺处，闪出一列工业地带的球形油罐和高耸的烟囱，白烟依稀遮掩天空。对十岁的鼠来说，这也是他的世界尽头。”（《1973年的弹子球》，林少华译，上海译文出版社）

整个少年时代，鼠总是一次次地往灯塔跑，奔跑在通往灯塔的道路上，才能让他内心涌出温情脉脉的情愫，那是对全世界的温柔。灯塔就是鼠孤独的源头，那是他想要找寻的出口，顺着那个出口，他可以进入自己梦想已久的世界里去。为此，鼠在成年之后，依然喜欢来到这里，来到灯塔下，多少岁月中，鼠穿过草地、跨过河流、迈过街道，为的就是来到这个可以带他前往任何地方的出口。

在这里，鼠可以安心地闭上眼睛，但残酷的是，鼠不能永远待在这里，在黄昏来临，夜晚袭来的时候，鼠要顺着同一条路，就是他来时的那条路，返回他自身的世界。人生总是这样伤感，我们以为抵达了理想的目的地，但终归是要回到令我们不满可又不得不进入的现实世界中去。

这个时候，我们才能真切地意识到，所谓的理想目的地，不过是我们兀自安慰自己的一个“柏拉图”，是个虚无、不可能到达的地方。虽然那个地方有我们最真、最美的期盼，有我们童年最好的晚风，有我们心里最辽阔、最动听的涛声，但睁开眼睛，现实世界瞬间就包裹了我们，现实与理想总是这样咫尺天涯，或者说无可分辨。

说到底，我们是哪里也不属于的人，只能自觉地自己保护自己，自己与自己相伴，自己管理自己。在村上春树看来，人生历程一路走下去，不外乎是走向失败的过程。虽然如此，但作为个人，也不能轻易地放弃，还是要孤军奋战到底，究其原因，是因为姿态总是决定了意义的所在，做好自己，有一个自己特有的体系或者人生哲学，就算注定有一些无法战胜的事情

人生历程一路走下去，不外乎是走向失败的过程。

存在，也不会感到心灰意冷。不要害怕绝望，只有撞破绝望的墙壁，才能直达生存的本质。

世上的所有事物都必须兼具入口和出口，除此之外别无选择，也无路可走。真的有什么能俘获我们的内心，能够让我们在无尽的时光中看到我们的出口吗？在村上春树的小说中，主人公置身于这样的两难境地，找不到生活的出口，也不想踏入现实的入口，他们在两个世界边缘流连，无可名状的悲伤时常笼罩着他们的内心，他们渴望的世界没法进入，完全没有进入的余地。在“我”为逐渐失去自己珍视的东西而感伤时，一道意外的光炸裂在“我”眼前，光亮渐渐暗淡下来，竟然让“我”发现了再次回到记忆深处的途径。

这个世界上，总有一些看似毫不起眼的东西，会突然俘获我们的心，也许是一枝被丢弃的玫瑰花，也许是一顶早已遗忘的礼帽。而将“我”的心重新灌入热情的是弹子球，是的，就是平淡无奇的弹子球，让“我”的心被挖掘出好几口深井，黑暗的底部，就连“我”自己都无法看清。

在“我”苦苦寻觅这台承载着青春的弹子球机器时，鼠则如孩子一般固守着对年少爱情的净土，但不论是“我”的寻找，还是鼠的坚守，都不会有结果的，人生就是这样患得患失的旅程，“我”和鼠虽然暂时不明白，但在不断的得失之间，最终会知晓这个道理，不论是青春还是爱情，不论是少年时代那朦胧的情思还是青春年少那潮湿的气息，都将在结局永久地印入记忆深处。“我终止了弹子球游戏。时候一到，任何人都得洗手上岸，别无他路。”在小说中，村上春树给出预言性的总结，没有什么事情是可以持续一生一世的，任何人、任何事，时间一到，都要离散。

“铁路沿着丘陵，就好像用格尺画好了似的，一个劲儿笔直地伸延开去。遥远的前方那模模糊糊的绿色杂木林，小得像一团废纸。两条钢轨钝钝地反射着日光，紧挨紧靠地消失在绿色中。无论走去哪里，这光景恐怕都将无尽无休地持续下去。”（《1973年的弹子球》，林少华译，上海译文出版社）光景虽然会无休无止地延续下去，但我们却无法一直搭乘着时光的列车前行，时间一到，不论我们愿意不愿意，都必须下车。选择回头、选择过去，总是惧怕未来的人们一种常用的办法。

但是，乘坐记忆列车的我们最终也会下车，继续登上下一趟列车，开往下一段旅程，生命的道路在于未来，而不在于过去。当列车上的我们看到时光、景物一一从眼前过去，我们的心里会发出脚踩在沙滩上的干涩的声响。

沿着海岸线西行，西行

某种情况下，命运这东西类似于不断改变前进方向的一场风暴，当我们试图转换方向躲开的时候，这场风暴便会像追随我们的脚步似的快速袭来，让我们无法躲闪、避无可避。这就是命运最不讲道理的地方，身处命运风暴中的我们，只能乖乖跨进这场无法闪躲的风暴之中，紧紧闭上眼睛，摸索着、探寻着自己的方向，一步一步前行。

这样的命运是村上春树小说中的主人公不断与之抗争又不断与之妥协的，在村上春树的笔下，那些顽强而又顽固的人在遮天蔽日的命运风暴中寸步前行，艰难寻找着自己的出口。

在村上春树的小说里，总是会表达出一种冥冥之中的寓意，主人公的孤独仿佛与生俱来，他们被亲人抛弃，与这个世界疏离，甚至不与自己和解，就这样执拗而歪斜地在这个世界上行走。他们不愿停下脚步，因为他们内心有一个声音不停在召唤：只有不停走下去，才能找到想抵达的美好。

在《海边的卡夫卡》这本小说中，村上春树采用了两条线索齐头并进、相互影响的叙述方式，主线中的主人公是一个十五岁的少年，他没有真实的名字，以一个隐喻似的名字——田村卡夫卡出现，卡夫卡在十五岁生日前夜独自离家出走，乘坐夜行长途巴士远赴四国，出走的原因是父亲昔日所做出的一个可怕预言。这个身上背负了如同希腊神话中悲惨宿命的男孩在一个漆黑的夜里，镇静地为自己收拾了简单的行李，便头也不回地前往了自己心中早已拟定好的目的地。他瘦弱的身影消失在夜色中，好像一只急于去觅食的田鼠，前往更肥沃的土壤。

离开是卡夫卡的宿命，他从一开始就注定了要走出生活了十几年的土地，前往未知的世界。他将目的地定在了四国，至于为什么要选择四国，对于卡夫卡来说，也没什么特别坚定的理由，只不过是他在查看地图的时候，突然从心底生出一种感觉，认为四国就像是自己应该去的地方，他将那个地方看了好几次，越看越觉得那就是他理所应当前往，并一定要抵达的地方。那里远在东京的南方，大海把四国和本土隔开，让那片远方成为一个远在天涯的孤独的梦境，这样的地方令卡夫卡心驰神往，他渴望踏上这片从未去过的陌生土地，他渴望在那里自己孤独看海。

村上春树总能将这样的人物写出令人心里沉甸甸的质感，他们让我们明白，人生来就是要与自己不断告别的，告别昨天，告别出生的那座城市，甚至告别眼下正在回头的自己。是啊，生命大多的时刻就是离开与再见。

旅程中总会遇到各种不同的人、不同的事、不同的景色，卡夫卡一路沉默，终于抵达了他的目的地。在新的地方，他见到了陌生的风景，那是有别于东京城镇之外的景色，在卡夫卡眼中十分新鲜，但同时也让他困惑起来，不知道自己选择逃离是否正确。

在陌生的城市里，卡夫卡去了一切他想去的地方，当他转了一天，终于回到住的地方，一头栽倒在床上，“自由”两个字不由分说地从他脑海中蹦了出来。他终于自由了，在他还不能完全理解自由到底是怎么回事的时候，他就彻底拥有了它，

人生来就是要与自己不断告别的，告别昨天，告别出生的那座城市，甚至告别眼下正在回头的自己。

他孤独得就像被丢进大海里的一粒沙子，四面茫然波涛、无拘无束，却也寂寞迷茫。

但毋庸置疑的是，卡夫卡沉醉于这种感觉之中，他是这世上最顽强的十五岁少年。他可以逃离学校、躲避老师，成为社会罅隙里的流失者，没人知道他的身份，也没有人会去管束他。他可以随心所欲地做任何他想做的事情，在这个陌生的地方，是没有人会对他这样一个不起眼的陌生小孩多加留心的。

原来，自由最让人着迷的地方就是能够释放出内心深处潜藏已久的欲望，能够开启全新的征途，在近乎无节制地享受自由之后，卡夫卡迎来了新的问题。父亲冷酷的预言似乎正在应验，预言所警示的他的悲惨命运，正在展开一张铺天盖地的大网，慢慢向他铺压过来，让他无处可去。天广地阔，但卡夫卡却不知该前往哪里。

不是每个人都能幸运地触摸到进入自己理想世界入口的那块石头，卡夫卡以为自己只要出发，就一定能抵达，但其实他永远在路上，一直在前行，沿着自己虚构的那条路线，走向那个永远也到不了的远方。《海边的卡夫卡》无论写得多么荒诞离奇，仍让我们在无可收拾的混乱之中看到了隐约的不安，对生命思考之后的不安。

乘坐着返回的汽车，行驶过桥梁，行驶过旷野，卡夫卡在冈山站又换乘了新干线，一路不断逼近了他来时的地方，在列车的震动中，卡夫卡认清宿命般闭上了双眼，这个十五岁的少年感到了从未有过的疲惫。在不断地前行、前行之后，卡夫卡最终还是不得不回到他出发的地方，人生就像一个圆规画下的圆，我们以为自己在走向世界尽头，走向海岸边境，但其实只是围绕着宿命绕了一个圈，最终历经一番艰苦，赫然发现自己竟然又站在了原地。

踏上返回原地的大巴车，卡夫卡觉得自己又被命运抛到了大海上，随波逐流，一片茫然。他想起车在经过名古屋时，天空飘落雨丝，离开东京的时候，似乎也下着雨，各处都下着雨，他在雨中行经了许多地方，雨水陪伴他走过森林，看过海面，想起站在图书馆的室内，看着玻璃上滑落的雨珠，卡夫卡仿佛看到了世界边缘也在落雨纷纷。

在村上春树的平行世界中，现实这个容器中的一切都是隐喻，风是隐喻，太阳是隐喻，连绵的雨是隐喻，一切都是隐喻，都不是真实的。在这个怪异乖张的世界里，主人公无人可以投靠，也无人可以依赖，他们只有自己，只能自己变得强大。不满现实的人内心总藏着些不易看透的天真，卡夫卡最终没能走出命运的怪圈，他开始怀疑自己出走的这一切是否真实，是否有意义。

到底活着有什么意义？卡夫卡走过了那么多的路，看过了那么多场雨，依然不明白，也许活着的意义就是看云，听风的声音，感受整个世界。在十五岁即将过去的卡夫卡的眼中，活着的意义也许深不可测，也许简单得如同手边的一杯茶。

叫作乌鸦的少年坚定地告诉卡夫卡，他做了一件正确的事情，做了最为正确的事情，是其他任何人都不可能做得这么好的事情。乌鸦对卡夫卡说："毕竟你是现实世界上最顽强的十五岁少年。"

佐伯说："希望你记住我，只要有你记住我，被其他所有人忘掉都无所谓。"

卡夫卡闭着眼睛，躺在车上，他释放了身体中所有的力气，每一寸肌肉都在松弛的状态中。他听着列车单调的声响，一行眼泪几乎毫无先兆，但有迹可循地从眼角流淌了下来，他感受到了来自脸颊的感触，温暖的、冰凉的。眼泪在嘴角处慢慢干涸，卡夫卡依然沉浸于困惑之中，他不知道自己到底做了正确的事情没有。

为了弄明白活着的意义，卡夫卡努力从时间的裂缝中钻出，他希望可以找到自己的意义，纵然前往世界的边缘、时间的尽头，他也毫无畏惧，他就是乌鸦口中所说的最顽强的十五岁的少年，但在最终，他发现自己恐怕逃不出时间，逃不出宿命为他笼罩的空间。他从家里出发到四国的这段旅途，并没能让他前往世界边缘，也无法让他真正理解活着的意义，他只是一个被牵引而行的灵魂，仿佛在梦中看到了一丝渴求的光亮，但最终清醒之后，一切还是原来的样子。

在他最后飘忽不定的眼神中，似乎能够看到他已经做好了下一次出走的准备，沿着有海的公路不断向西走，也许抵达的是世界尽头，也许兜来转去，还是出发的始点，不管怎样，只要在行走中，就不会让虚无沉淀。

到不了的国境以南

村上春树热爱旅游，喜欢冒险，热衷于在这个世上执着地寻觅出口，在他的许多小说中，常常会明显或隐晦地提到出口，书中的人物有些找到了出口，有些一直未能够从出口走出，但他们却不甘心停下脚步，用尽一切努力也要远离，远离眼下，远离世界。书中的人物总是想要放弃眼前的一切，动身远行，他们想要抵达一个未知的地方，虽然他们对那片远方一无所知，可心中充满激荡。

所谓的出口就像一座长长的桥，歪歪扭扭，但能通向远方，桥的这一端连接着自己的世界，而桥的另一端则绵延伸向

所谓的出口就像一座长长的桥，歪歪扭扭，但能通向远方，桥的这一端连接着自己的世界，而桥的另一端则绵延伸向宇宙的终极。

宇宙的终极。对于这个出口的解读，在村上春树的小说中都有体现，在《国境以南，太阳以西》（林少华译，上海译文出版社）中，岛本是这样说的：“太阳从东边的地平线升起，划过高空落往西边的地平线——每天周而复始目睹如此光景的时间里，你身上有什么突然嘎嘣一声死了。于是你扔下锄头，什么也不想地一直往西走去，往太阳以西。走火入魔似的好几天好几天不吃不喝走个不停，直到倒地死去。”

这种感觉包围着读者，包围着小说中的每个人物，犹如深海处的海啸震颤着我们的身体，将我们从一直以来沉睡的梦中摇醒。醒来后，便能够看到出口，通过写小说，村上春树一点一点在生命中探寻，他将作家的敏锐触角伸向了生活的细微罅隙里，探寻着许多人一直在追问的人生的终极意义。

除了写作和跑步，旅行也是村上春树生命中不可缺少的一部分，他是一个专业的旅行者，去过非常多的地方，但他并不仅仅是走马观花地欣赏世界各地的景色，而是走向生命深处，探寻人生的出口。在村上春树旅行期间，他也从不间断写作。他在旅居欧洲的三年间完成了他的经典之作《挪威的森林》和《舞！舞！舞！》。在异地的旅行，令村上春树更加明白自己只不过是现实的附属物，他所要留在笔下的是这个时代具体的东西、具体的气息，具体到可以触摸，可以感受。

“我本来就喜欢旅行游记这东西，从以前就喜欢。对我来说，我觉得写旅行游记是非常贵重的文章修行……不但必须要有固定的文体，而且当然必须要有热情、爱情，和感动，在这意义上写旅行游记，对于身为小说家的我，也是非常好的学习。”（《边境·近境》，赖明珠译，时报文化出版社）村上春树在旅行途中写下了许多旅行的素描，那些文章集结成册，出成文集，很受追捧。在欧洲旅行时，他写下了《远方的鼓声》和《雨天炎天》这两本书，在《边境·近境》这本书中描写了美洲、亚洲各国的景致，纪行丰满细腻，翻开书页，好像就能感受到当地空气的温度扑面而来。书中描写了他所到之处的风景和感悟，但村上春树笔下的游记不同于其他作家的游记，他的游记充满了自由的粉末，随手挥扬，就可以看到这些粉末在阳光下翩翩起舞。

“土耳其这几个地区中哪个最有意思呢？当然是顶糟糕的安纳托利亚东部。在那里逗留期间，我们每天从早到晚气恼、疲劳、骂人、冒冷汗。所到之处全都脏兮兮目不忍视，道路几乎全部处于成为道路之前的状态。人们的生活一看就知穷困潦倒，街头到处是警察、兵和牛羊。不过希望不要误解。我虽然写的这么差，但绝非出于恶意。我也以我的方式享受在此旅游的乐趣来着。”（《雨天炎天》，林少华译，上海译文出版社）

独特的视角，独特的生存感受，村上春树的欧洲游记中，写下了与日本生活完全不同的气息。在陌生的异国，他坦荡地面对所发生的一切，虽然大多数事情都是他无法预料到的，但在这些意料之外的事情中，也正是他所感受到的旅行的妙处。

闭上眼睛，稍微展开一点想象力，就能够沉浸在村上春树笔下的异国世界中。村上春树很擅长情境描写，那些你从未抵达过的陌生土地，在村上春树笔下变得亲近有趣起来，合上书，你会觉得自己刚刚经历了一场国外旅行。

在村上春树的游记中，景物的代入感并不是唯一的优点，他常常会写大段的个人内心独白，那些絮絮叨叨的文字，就好像黏滞缓慢的时光，秒针转一圈，就仿佛走完了整整一生。许多喜爱村上春树文字的人，大概就是喜欢他文字下可以变缓的时光，让自己能够暂时忘记周遭的一切。

在村上春树所写的游记中，并没有太多深深触及人心的要素，但字里行间所弥漫的自由的“味道”还是能够让读者犹如品尝一餐美食佳肴一般满足。自由始终是村上春树作品中不变的主题，就好像村上春树在《大萝卜和难挑的鳄梨》一书中写的：“‘自由’这东西，哪怕只是短短一瞬间的幻想，也是无可替代的美妙事物。”

自由是村上春树的养分，他希望能够自由地在世界中找到灵魂走出桎梏的出口，在他的小说中，这种想法也延伸进了人物心中。在小说《国境以南，太阳以西》中，岛本一直想象着国境以南是一个充满美丽事物的地方，她对此充满了幻想和期望，一直到她长大之后才明白，国境之南是纳京高曲子中的墨西哥，原来所谓的国境之南也还是指的一个具体存在的地方。

但在岛本心中，国境之南永远都是她探寻不到，只存在于想象中的一个美丽地方。所以岛本不能安于现状，她要出发，前往国境之南，她心中的那块净土。虽然这种寻找是无望的，是不可能有结果的，但对于岛本来说，只要在路上就永远有希望，人生就不会是死气沉沉的一潭死水。对于村上春树来说也是如此，他不停地踏上旅程，朝着心目中的圣地出发，寻找最理想的境地。

其实，要去什么地方，到达了什么地方并不重要，重要的是寻找的那种感受和期盼的心情。所谓的国境之南并不是墨西哥，也不是更遥远的地方，可能就是楼下街角的路灯下，也可能是卧室阳台上的一处黑暗角落。在村上春树的小说中，他会让他创造的那些角色外出寻找，但他们最终都会回来，回到昔日黑暗的阴影中，静静地看着过往的影子和眼前的道路。所谓的国境以南，已经不需要寻找，就会自然而然地浮出水平面。

对时间和生活的期望，是村上春树和他笔下人物不断踏上旅程追寻的动力。在村上春树前往土耳其、意大利、希腊等地时，他大概是期望在这些地方寻找到他的国境以南，寻找到他的心能栖息的地方。

在生活中，每个人都会陷入沉重的疲乏感之中，这是不可避免的，毕竟我们所有人在人生的道路上前行得越久，所背负的就越多。心无处安放，人就会感到慌张茫然。我们都希望能够有一个地方，让我们像最初上路那样轻松自在，能够真实地、活生生地感觉到时间的流淌。这个地方就是国境之南。

旅行这种事情就是这样简单、直接，只要想到了就可以立即动身前往，这并不是什么难以抉择的事情，不需要带什么贵重的行李，也不需要下复杂的决心，又不是前往北极南极，只要能够让自己愉快的心情在旅行中保持下去，这样就足够了。不需要在意没有发生，自己却一直担忧的虚无的事情，在意也没什么用处，因为任何事情都有可能在未来的某一天发生，但也有可能永远不存在这样的事情。

在生活中，每个人都会陷入沉重的疲乏感之中，这是不可避免的，毕竟我们所有人在人生的道路上前行得越久，所背负的就越多。

我们在生活中寻找乐趣，也寻找平衡，该发生的事情自然会发生，该消失的人也自然会不见，我们只有顺其自然，多想也是无济于事的。

在一次接受采访时，村上春树谈到了写作的目的。“我写小说和故事的主要目的，”他说，“是寻找自我。我六十五岁了，但我还是很好奇自己究竟是什么，我拥有什么，我将会成为什么。你知道，我是一个作家。我还有些名气，我写作三十五年了，我算是比较成功，在世界范围都有些读者，但是我并不理解为什么这些会发生。在我看来这就像是一个奇迹。我不觉得自己是个了不起的人，或者一个聪明的人，一个有天赋的人，但是我会写作。我只想弄清楚我身上究竟发生了什么而已。并不对其他人而言，只对自己而言。”

找到自我，卸掉身心所背负的疲沓感，这大概就是村上春树写作和不断踏上旅途的目的，不断地离开和归来，让自己起身和沉静。

小林书店里的“死亡”味道

在东京，坐电车是十分便捷的出行选择，不但可以顺便观光四面风光，也能够有足够的时间去打量每一个上车的人，通过他们的样子，去猜测他们的故事。日本是个街头巷尾弥漫着浓浓旧时光味道的国家，不论是在海边的小城，还是在繁华的东京大都市，随时随地都能够感受到一丝恋旧的气息。

陈旧的、朴素的、现代的、时尚的，各种各样的感觉，一丝不苟地铺陈开来，并不会觉得杂乱突兀。古旧却不颓败，走过小石子铺成的台阶，可以进入一家禅院，当上午的阳光一点点斜过树梢枝头，让人不禁感慨时光的静好。

这样的禅院，这样的街道，这样的一切都能够让人从中得到莫大的幸福。不去追赶什么，也不去回顾什么，只是在眼下这巴掌大的静谧空间中，安享、沉默。走在日本的街上，看着看着，似乎就能看到村上春树小说中的景致。那些并不算很热闹的大街上，两旁的商店开着门，店里面并没有几个客人。店老板有的在低头看书，有的闲坐在店门口，望着空气中飘浮的细微尘埃发呆。这些干净的建筑物虽然整洁，却保留着年头感，好像一部老电影在幕布上放映，是美好的回忆。

渡边接受了绿子的邀请，从大冢车站下了车，一路找寻绿子所说的小林书店，经过暗沉、不明亮的低矮房屋，看着房屋门前挂着字迹模糊、难以辨认的招牌，想象着等下见到绿子的情形。与绿子约会，总给渡边一种无措之感，他并不反感这个如太阳花般明艳动人的女孩，但他也不知道继续与绿子交往有什么意义。每次与绿子约会之后，渡边总希望他们会完全没有预兆地再也不用见面，不需要任何借口，不需要任何理由，就这样彼此再也无法重逢。

在这条街上走了大约十分钟，从加油站往右一拐，出现一条小型的商店街，当中一块招牌上写着“小林书店”。

不去追赶什么，也不去回顾什么，只是在眼下这巴掌大的静谧空间中，安享、沉默。

小林书店不是一家大书店，就像绿子一样，极其普通，但总能遇到，对于渡边来说，这样的地方既安心又安全。这家书店就像他小时候常常去买书的书店一样，站在小林书店的门口，熟悉又自然的感觉吸引他走了进去。

总有一天，那些消逝的、再也不复存在的“过去”会回过头来箍住现在的生活，任凭我们怎么努力也无法挣脱。渡边清楚地意识到自己无法摆脱与直子的过去，那段蜻蜓点水却与生命同重的过去。渡边假装踌躇满志地开展新的生活，奔向青春的前方，但只有他自己清楚，这一切都是无意义的，对于未知的将来，眼下他所做的一切都是混沌、迷蒙的，他面前的道路好像笼罩着一层薄雾似的，让他看不清，也让他感到头很疼。

绿子为渡边准备了午餐，比他想象的丰盛多了，完全是关西式的清淡口味，有醋渍竹荚鱼、厚片蛋皮、一个自己做的西京渍鱼，再加上煮茄子、菜汤、玉蕈饭，饭上头还遍撒了芝麻和黄萝卜干。

在吃饭间，绿子和渡边聊到了家里人，也谈起了死亡，这个总是嘴角上扬、挂着甜甜笑容的女孩，简短平淡地说起了母亲的离世，讲起了父亲的离家出走，当绿子说起父亲在母亲去世后，对她们姐妹说“我觉得很后悔，与其死了你们的母亲，还不如死了你们两个”（《挪威的森林》，林少华译，上海译文出版社）这番话时，渡边血液里沸腾起密集的气泡，好像一脚踏入了深深的泥沼之中，当他在泥沼中气喘吁吁地想要努力将身子拔出来时，前方突然伸出一只手，轻轻握住他慌张摆动的胳膊，那只手就是绿子的。

在昏暗的无边泥沼中跋涉，渡边本以为前方一无所有，只有黑暗，但没想到绿子竟会是他的同行者。在这样的感觉之中，渡边吻了绿子，事后虽然渡边觉得这件事情做得有点蠢，但当时的他却真的是真心实意地付出了这个吻。

那个星期天的下午，当渡边和绿子一边聊着大学的事情一边喝着咖啡时，突然听到了救火车的声音，在窗底下传来了人们奔跑、大声呼喊的声音。渡边还沉浸在自己身陷泥沼之中的无力感时，绿子迅速地到窗边看了一眼，就跑到了楼上。

跟随绿子上楼，爬上了走廊尽头的窄小楼梯，到了阳台上那片开阔的顶端。渡边看到了距离小林书店三四幢房子远的一间房子上面冒起了黑烟，趁着风势，焦臭的味道钻入渡边的鼻孔。

生命纵然迷茫，在无数次想到了要结束会是什么感觉，但真正面对死亡的威胁时，首先想到的竟然还是活下去。渡边担忧地看着对面的火势，只想着赶紧下楼离开小林书店，走到开阔安全的地方，但绿子却好像无所谓的样子，静静地看着火灾现场，面对渡边提出离开的要求，她想也不想地拒绝了。

渡边问，就算是火势将书店烧着，他们也不逃生吗？绿子叹息着说就算在火灾中死了也没什么关系。虽然渡边并不想死，但他也不想打破绿子此刻的坚持。渡边凝视着绿子，低声称自己愿意奉陪。绿子虽然不愿意相信，但还是忍不住问道："你愿意跟我一起死吗？"（《挪威的森林》，林少华译，上海译文出版社）

当一个女孩问"你愿意跟我一起死吗"，这是再明白不过的暗示了，她想要的不是一个答案，而是一份担当，可以担当起她生命的人，那就是她要的爱情。渡边当时并不完全明白绿子的心意，虽然心中隐隐也会感动，但在当时的他眼里，只有无边无际看不到尽头的泥沼，那是他一个人的禁区、一个人的噩梦，他不愿任何人进入，即便是愿意与他同行的绿子也不能进入。

在那个星期天的下午，他们在阳台上一边看着火灾，绿子一边弹吉他唱歌。在渡边看来，当时的绿子精神很亢奋，她唱

当一个女孩问“你愿意跟我一起死吗”，这是再明白不过的暗示了，她想要的不是一个答案，而是一份担当。

了许多的歌，也说了许多的话，一向觉得时光迟缓的渡边在那个下午竟然觉得光阴飞快，四周的一切都变得模糊，只有弹着吉他一边唱歌一边喝酒的绿子清晰地留在了他的记忆中。

绿子在这个星期天的下午变得冰冷、陌生，她指尖的香烟一点一点化为灰烬，她背靠着阳台的栏杆，不远处就是一场冲天的大火，但她却含着笑容，表露自己渴望得到完整的爱情和摧枯拉朽的死亡。

最担心的事情就是这个，渡边与绿子之前所营造、创造的美好生活，向上昂扬的氛围在这个时刻变成了粉末，纷纷扬扬落在了两个人的眉眼深处，过去的各种妙语连珠、各种浅笑低语，都抵挡不住这一刻的死亡盛宴。这才是他们真正的自己，他们一心遮掩却喜欢的自己。

看着绿子的眼睛，渡边抱着她的肩膀，吻住了她的嘴唇，绿子无力地闭上眼睛，和渡边紧紧相拥，在初秋的阳光下完成了这个温柔的不带有任何目的的亲吻。如果不是发生火灾，如果没有喝酒，如果没有谈到死亡，也许这个吻就不会发生。但这种温暖而隐秘的情怀，令渡边和绿子心底都燃起一丝小小的保护欲望，就好像小孩子试图将自己珍爱的玩具藏起，不让任何人看到和分享一样，他们也渴望能够守住这个吻。

渡边和绿子的生活并没有因为这个吻而被打乱，绿子有持续交往的对象，渡边的生活也依然如故，浑浑噩噩地上课、打工，二人之间偶尔的约会也没有让两个人之间的关系更近一步。渡边不喜欢孤独，可也不愿意勉强自己。绿子渴望爱情，但也不想要一份不完整的、残缺的情感。两个人心照不宣地维持着联系，虽然谁也没有说破，但其实心里都明白，他们在木然地等待着失去对方。

也许从他们第一次见面开始，两个人就被彼此吸引，又深知对方无法同自己走到最后。当时绿子询问渡边徒步旅行都去了哪些地方，渡边简单为绿子讲述了自己的旅行，绿子惊讶地问渡边为什么要一个人出去旅行时，渡边也无法回答出来。

绿子问渡边喜欢孤独吗，渡边无法回答。他当然不喜欢孤独，但更不喜欢勉强自己，因为比起孤独，他更害怕失望。

绿子当时已经略微知晓了渡边骨子里孤独的本性，却仍然在爱情的吸引下，一步一步走入渡边孤独的世界中。

他们一边为自己虚构出一个将要到达的远方，一边又缓缓放慢自己的脚步，因为不相信对方是和自己一起抵达远方的那个人，所以压抑不住心里想要远离对方的想法，虚幻而不真实的爱情令绿子和渡边都各自痛苦。因为直子的存在，渡边始终无法将绿子当作一心对待的对象，而也正因为渡边的执着，绿子也陷入了深深苦恋却说不出口的境地。

他们最坦诚而真心的约会，大概就是在小林书店阳台上的那一次，面对死亡，吮吸着彼此的味道，在赤裸的阳光下，困惑而坚定。

遇见，失去的人

黑暗中我想到落于海面的雨——
浩瀚无边的大海上无声无息地、不为任何人知晓地降落的雨。
雨安安静静地叩击海面，
鱼们甚至都浑然不觉。
我一直在想这样的大海，
直到有人走来把手轻轻放在我的背上。

——《国境以南，太阳以西》（林少华译，上海译文出版社）

原宿后街的百分百女孩

晴朗的天气总是充满了诱惑的分子，空气中氤氲着蠢蠢欲动的味道，不安分地洒落在每个人的眼睛里。偶然的相遇曾被这世上最美的词汇包裹上了各种美丽的外衣，爱情在邂逅的一刹那迸发，因为短暂，所以光华璀璨，如烟花绽放。

每个人的内心深处都渴望着被人精美地爱着，渴望着能够在恰好的时机紧紧地手拉手，从而获得彼此内心深处的温暖。这是最温暖人心的时刻，也是最可遇而不可求的瞬间，这一切都是宿命的安排。

在村上春树的小说中，处处弥漫着宿命的气息，主人公们既顺从宿命，又不断试图拯救自己，他们就好像濒临冬天，盘踞在荒原上的一棵树，想要锯掉死去的树杈，以死而后生换来重新来过的机会。在村上春树的笔下，这些主人公如同吐丝成茧的蛾子，睁大双眼在自以为安全的壳子里窥探外面的世界。

在《遇到百分之百的女孩》中，主人公于原宿后街和一个他心目中理想的女孩相向而行，女孩不过是普通的样子，从发尖到鞋子都没有一丝可以称之为魅力的东西，但有些事情就是如此奇妙，当主人公第一眼看到这个女孩时，心里就起了化学性的反应，身体的反应令他明白，眼前的这个女孩就是自己百分百的女孩。虽然这个女孩算不上有多么漂亮，也没什么吸引人的闪光之处，衣着打扮也不出众，而且脑后的头发还有着睡觉挤压的痕迹。这样一个随意的、懵懂的女孩，年纪看起来也不小了，大约三十岁的样子，无论怎么看，都无法称之为令人心动的女孩，但就在相距五十米开外的地方，主人公就直觉地认定，她就是自己百分百的女孩，因为从看到女孩的那一瞬间，主人公的胸口就发出了奇妙的声响，如同地震般，心里起伏激烈，无法抑制。

与女孩擦肩而过后，回过头看着女孩一步步走远，不多时就消失在街角处。回到家后，重新回味这一次相遇，竟然是什么也记不起来，女孩的长相、身材、打扮，在主人公脑中一片模糊，他甚至连女孩是什么类型的都记不起来，真是一次莫名其妙的相遇，爱情只存在于擦肩而过的那0.01秒。

这样的爱情，也许正是最好的爱情，只有开始，没有结束。在见到的第一眼，就将爱情刻在心里，这样的爱情与人无关，只和爱情本身关联。在村上春树的笔下，写过很多爱情故事，那些爱情无不令人绝望而不安，好像在黑暗中苦苦寻求的一丝光亮，也好像在命运的地图上跋涉不休，只为看一眼电光石火之间碰撞出的星点火花。

为什么这个世间要存在“重逢”“相遇”“邂逅”这些词语呢？多少曾经深深相爱过的人，都是从相遇走向了天各一方，多少年后，当他们在一张长椅上呆坐，偶然看到天空上飘过的白云，是不是还会想起相遇时自己怦然心动的情形呢？那些年不甘的情感，那些年浩渺的希望和爱恋，如果没有相遇，大概会轻轻掩埋于岁月的颗粒之下吧。

这样不是也很好吗？

能够记在心间的，永远只是那个瞬间，那个深深叩击灵魂的瞬间。然后，像大多数人一样，虽然心里怀着遗憾，但也藏着甜美的回忆，在每一个平凡普通的日子里，继续平淡如水地生活。在生命即将看到尽头的时候，捧出那份珍藏的回忆细细品尝，然后在心间和当初那个擦肩而过的“她”说：“我永远都不会忘记你。”

晴朗当头，不知当时擦肩而过现今身处何方的“她”是否也会在一个恍惚的走神间，隐约回想起年轻时候路过的街口，有一个年轻人，神色木讷与自己迎面走来，但他的眼神中充满了可能性，好像一个沉醉在美梦中的熟睡者，正在梦中因为宇宙的奇迹发生在自己身上而手足无措，满心欢喜。

开口表白需要十足的勇气，每个想要表白的人害怕的不是拒绝，而是自己看着对方的眼睛时，会无法说出心底真实的话语。心底会演练上千种开口的样子，可真实的表白只能有一次，当想象被无限放大之后，现实反而显得无足轻重。爱情本只是两个陌生灵魂误打误撞的一次交锋，相爱的人在一起后相依相伴，相守一生，彼此生命的一点一滴的痕迹都会印入对方眼中，彼此会淡忘最初的爱情火花，想到这里，不禁觉得忧伤。

爱情是可以天长地久的存在，但相爱的人却并不能抵抗

晴朗当头，不知当时擦肩而过现今身处何方的『她』是否也会在一个恍惚的走神间，隐约回想起年轻时候路过的街口，有一个年轻人，神色木讷与自己迎面走来。

时间的流淌。爱情需要上天赐予太多的运气，多到当爱情降临时，相爱的人甚至会开始怀疑这爱情的真伪。不管怎么说，当表白不曾说出口，这份擦肩而过的爱情便不会再继续。

所以，当主人公与女孩在花店门口前擦肩而过时，女孩周身那暖暖的、小小的气块儿触到他的肌肤，花店里飘出的淡淡的花香令他在陶醉的玫瑰花香中静静目送着女孩走远，连声招呼都没打。他那百分百的女孩穿着白色毛衣，手里拿着一个还没有贴邮票的四方信封，里面一定装着对她而言很重要的信，看女孩惺忪的睡眼，这封信也许写了整整一个晚上，承载着她全部的秘密。心中有着许多的猜测，设想了许多的道白，可是，几步之遥后，女孩的身影彻底消失在人群中。

道白太长，相遇太短。

世事变化总是如此，多少还未来得及开口的爱情，正如同日光下斑斓的肥皂泡一样消弭在人们心头的叹息声中。上天除了给爱情美好的颜色，更给了相爱的人重重的考验。

现在的原宿后街是流行者的天下，在原宿后街可以看到许多年轻人穿着色彩夸张、造型怪异的服饰成群结队出现，他们嬉闹着从正好路过的人身边走过，对路人的目光置之不理、视若无睹，他们的淡漠会让人的心里生出寂寞。那些荷尔蒙过剩的年轻人不论穿成什么样子，在原宿都不会有什么问题，他们自然而然地释放着青春的热量，在原宿的街头，他们扔掉规矩、伪装和虚荣，在这里真实地追求着自我。

在充满色彩丰富而夸张的元素的原宿后街，有的只是前卫的店铺和前卫的文化。这里的前卫享誉国际，许多人来到这里找寻自己想要的东西、想要的气息。他们在狭窄的街道上，穿梭于不同的个性小店里，与形形色色的人擦肩而过时，没有人会留意迎面走来的人是否神色冰冷、是否目光炙热。

村上春树所写的爱情似乎已经成了奢侈品，只能够供人在橱窗外瞻看，却很少有人能够拥有。是的，那百分之百的爱情，真的太奢侈了。时光总是以惊人的速度流逝，当二人在原宿后街擦肩而过之后，他们便永远没有了再开口与对方说话的机会。这是一个伤感的结尾，却是最真实的写照。

遇见一个百分之百的女孩，是爱情可以开始的契机，但爱情可以从任何一个地方开始，也可以在任何一个地方结束。当错过又重逢时，无疑是这世上最不可思议也最美妙异常的事情，多年前埋下的种子在重逢的一刹那似乎被灌入了生长的力量，在心里最隐秘的土壤中发芽成长，心中的那块秘密花园因为这颗小种子的破土而出变得更加隐秘而丰润，让人不禁捂住心口，感受着身体悸动带来的无以言状的对过往的珍惜和感激。

虽然错过了彼此最美丽的时光，虽然重逢之后又再次消散于人群中，但这就已经足够了，拥有了这些记忆的瞬间，就已经是把最美的烙印刻在了自己的心头。许多事情，当初经历的时候不知多惊心动魄、牵肠挂肚，但到了最后依然是一个个记不清过程，想不起开始，更模糊了结局的往事。

许多年后，许多故事、许多人、许多信誓旦旦说过永不会忘的誓言，都会在时间的长河中被冲刷干净，这些记忆好像河床里的鹅卵石，在流水的涤荡中日渐微弱。这些都是不可改变的人生轨迹，但想起这份虚幻得如同仅在梦中出现过的百分之百的爱情，还是会执拗地相信在自己的生命中，真的有激流飞下，那个柔和、摇曳的瞬间，好像一直在幽暗中蜷缩着、等待着，在某个时刻，等待被想起、被捧出、被凝视。

爵士酒吧“捡到”的四指少女

威士忌辛辣的味道、二十岁绝望的念想、荷尔蒙涌动的气息、夏季炎热的海风，还有不肯上进、执意游走在堕落边缘的青年，这些元素是村上春树小说中不可缺少的。如同一个在沙漠里寻找水源，因为失掉过多水分而即将虚脱的旅者，仍不肯丢掉背包里装着的那些无用的东西。因为他知道，有些东西从来就无用，而有些东西却是宁肯失掉生命也要紧紧守护的。

在闷热异常的夜晚，“我”一如既往地走进那间熟悉的爵士酒吧。“酒吧里边，香烟味儿、威士忌味儿、炸马铃薯味儿以及腋窝味儿、下水道味儿，如同年轮状西餐点心那样重重叠叠地沉淀在一起。”这是村上春树对于酒吧的描述，各种混合的味道组合成了这个酒吧的样子，闭上眼睛，不用去假想酒吧的陈设，就已经能够想象出这间有着沉重门扇的酒吧里，是怎样一副混沌不清的样子。

在这间酒吧里，“我”捡到了一个左手只有四根指头的少女。迷离的宿醉之夜后醒来，“我”看到身边躺着的陌生少女，少女形状姣好的乳房随着呼吸上下颤抖，光洁的、肤色漂亮的身体就像一件易碎的艺术品，正躺在“我”的眼前。“我”留意到了少女的美丽气息，但更看到了少女身体上散发出的低迷尘埃，那是让人不可能亲近，想要保持距离的颜色。

少女的出场带着一丝暗黑系的色彩，对于百无聊赖的“我”来说，就像是一件意外的礼物，只是少女与“我”的初次见面并不愉快，二人很快分道扬镳，但是城市这么大，世界有时又很小，尤其是在缘分的牵扯下，再次相见是早晚的事情。当“我”与少女在爵士酒吧再次面对面而坐时，两个人聊起了各自的生活，出于好奇，“我”问到了少女残缺的手指，对于这个问题，少女并没有避讳，讲起了因为小时候的一次事故而令手指残缺的事情。“八岁时小拇指夹进电动清扫机的马达，一下子飞掉了。”在讲话的时候，少女脸上始终带着随性、自然的笑容，令“我”原本冷淡的心荡漾了一下。在酒吧里的聊天快结束时，少女一直问“我”，和她聊天会不会很没有意思。“我”自然什么话也没有说，但心里已经期待着下一次见面了。

少女就像“我”一直行走在黑暗长廊中的微弱灯光，令“我”在疲沓之余，竟还能感到一丝松懈。

《且听风吟》这篇小说中，自始至终都弥漫着失去的味道，从开始巧遇到中间重逢，无不预示着最后的别离。

爵士酒吧还是“我”常去的地方，只是没再在那里见到少女，对于“我”来说，少女就像是这个炎热夏季的一阵晚风，令“我”整个人都浸入清凉之中。少女美妙的身体若有若无地出现在“我”的脑海中，对于少女，“我”谈不上思念，但也确实是一时难以忘记，这一点“我”已经很明白了。

寂寞和空虚就像一个很大的容器，将“我”盛放其中，“我”趴在容器边缘，看着少女正一步一步向自己走来，五脏六腑里的压抑之感渐渐消退，原来萍水相逢有的时候也会成为意外之喜。少女的偶然出现，潜移默化中改变了“我”的生活，原来的“我”就像冬眠的动物，除了在爵士酒吧喝酒，就是蛰伏在自己的世界里，谁也不愿理睬，将生命压缩成了一个小到极致的圈，除了自己，谁也容不下。

正是因为一直在寂寞，也品尝过寂寞，所以当少女出现在“我”的生命中时，这种寂寞的感觉便排山倒海、如影随形了。虽然已经习以为常，可还是更愿意在天快亮的时候，默默望着即将隐没天边的月亮，心里想，真的是好寂寞啊。

在同少女间断的联系过程中，“我”不时地想起了之前睡过觉的那三个女孩子。她们的存在就好像月光那样轻盈，在天一亮的时候就会消失，不像少女这样，就好像一颗行星偏离了轨道，不偏不倚地砸了过来。

在同少女亲热的间隙，少女问到“我”可曾在某一个瞬间喜欢过谁。我认真地回忆那三个女孩的样子，竟然全都模糊了，无法在记忆的夜里看清，好像眼前蒙上了一块黑布，刻意遮挡住了“我”的眼睛。我诚实地回答无法记起。也许在“我”的内心深处，记忆是无须承载太多东西的，那些不重要的，自然就会模糊过滤掉。

但对于少女，那模样和笑容就算隔了很远的山水，跨越了太长的时间，“我”也是闭上眼睛就能够想起的。那是在“我”孤独地乘坐木舟漂泊在人生海浪中，唯一砸进“我”

心里的星星，星光将潮湿的海面上的雾气照亮，让“我”看到隐约的出口。

在与少女最后一次见面时，“我”大概已经意识到了分离在即，眼睛所看到之处，全是凄厉的流离景象。“我”和少女在海港交谈，身后的仓库每一座都很破旧，砖墙上铺满了绿色的青苔，那些苔藓日复一日地生长，将原本的墙壁覆盖，就像时光覆灭了韶华，光阴摧毁了容颜。坐在仓库的石阶上，“我”和少女无言地面对大海，看着海面上停靠的货轮，“我”心中悲戚。有一些人之所以会存在于我们的生命里，是为了让我们意识到成长是注定失去的旅程，无可扭转。

一切都一去无踪迹，消失在我们自以为还会遇见的未来，直到我们走了很长一段路之后才会发现，再也遇不到了，过去的人还有事，统统无法将其捕获到，我们只能继续向前走着、失去着，我们就是这样活着。

“我”离开之后，便再也没有见到那位左手只有四根手指的女孩，在人山人海的洪流之中和时间的长河里，她消失得无踪无影。她离开了打工的音像店，也从宿舍搬走了。当“我”在下一个夏天回到那里，经常走在之前她经常走过的街道上，坐在仓库石头台阶上一个人看着大海时，那个女孩都不曾出现。

什么都变了，什么都不见了，只留下了《加利福尼亚少女》的那张唱片，偶尔听一听，还会觉得过去给自己留下了一些东西。但后来“海滩男孩”又推出了新的唱片，这张《加利福尼亚少女》自然也蒙上灰尘，深埋于记忆储藏柜的最底层了。

没有什么是可以永恒不变的，爵士酒吧在公路扩建的时候翻新了一番，整修成了面目一新的漂亮、新潮的酒吧。酒吧老板虽然仍同以往一样每天削满一桶桶的马铃薯，但是老顾客认为还是从前的好。

故事到了尾声，但人生还远没有结束，孤独的人依旧孤独、笨拙地前行。生活的时间一长，曾经追求的幸福和理想也觉得不过如此了。

如果有朝一日在酒吧喝酒时，还能遇到一个女孩，她捧着酒杯，左手的小指少了一截，在她喝醉倒地的时候，还会有一个男人将她带回家，凝视着她美好的身体在晨光中温柔的线条吗？

故事到了尾声，但人生还远没有结束，孤独的人依旧孤独、笨拙地前行。生活的时间一长，曾经追求的幸福和理想也觉得不过如此了。

我们从年轻变得成熟的过程，不过是一个对自己曾经嗤之以鼻、不屑一顾的种种行为慢慢习以为常的过程。当有一天我们不会再为了某个瞬间而动心，不会为了某个陌生的笑容而停下，年轻时候祈盼的永恒幸福便再也不会降临了，但折磨着我们的无尽痛苦和虚无也彻底消失了。

从此，我们对幸福不再抱有信任，对痛苦也不再持有恐惧。

新宿车站的咖啡店

“超过一定的年龄之后，所谓人生，无非是一个不断丧失的过程。”（《1Q84》，赖明珠译，时报文化出版社）

《1Q84》中的这句话是一句箴言，注定了小说里人物的最终命运，他们飘浮在命运的太空中，辛苦地活着，为的就是能够重新回到大气层里，可以大口大口地呼吸空气。但是虽然他们做了许多许多的努力，最终在即将成功的那一刻，还是被命运抛回了太空，彻底成了无依无靠的游荡者。

青豆就是这样的弃儿，她还未出生，被抛弃的命运就已经烙在了她的灵魂上，这让青豆从小孤独、敏感，乃至伤感。这样的青豆也注定了不能拥有寻常女孩的人生，她的人生建立在谎言和欺瞒之上，她无法做真正的自己，也不能够全新地去扮演别人，在似是而非的每日生活中，青豆对于生活并没有太多的念想，一直到她遇到了爱写作、爱读书的天吾。

在村上春树的小说中，男主人公大多爱读书，爱喝咖啡，总是爱出现在咖啡店里或者爵士酒吧里，他们身上带着天然的忧郁气质，总是游离于生活之外。他们有自己追求的小世界，不会计较现实中的得失，只在乎自己的内心感受。这样的男人是生活中的弱者，他们总是被生活所抛弃，是路边、地铁里、通道中低头匆匆走过，从来不会惹人注意的那样一种人。

而在村上春树的书中，女主人公总是会爱上这样的男人，她们能够穿越命运的地图，颠沛流离地抵达男人的身边，在《1Q84》的故事中，就讲述了这样一种爱情。“青豆是她的本姓。父亲这方的祖父，出身福岛县，在那山中的小乡或小村，据说实际上有几个姓青豆的人。不过她还没有实际去过。青豆出生前，父亲就和老家断绝了关系。母亲方面也一样。所以青豆从来没见过祖父母。她几乎没有旅行，不过偶尔有机会时，总会习惯地翻开饭店备用的电话簿，查查看有没有姓青豆的人。不过，在她所造访过的任何都市、任何乡镇，都从来没有见过姓青

豆的人。每次她都觉得自己好像单独被丢入大海原里的孤独漂流者一样。”（《1Q84》，赖明珠译，时报文化出版社）

青豆有着一个隐藏的可怕的身份，她是一个杀手，这样的残酷身份让她无法与人分享，她本就寂寞的生命除了继续冷下去之外，没有别的途径。天吾虽然也是孤独的、不被人理解的，他有的只有自己的小说，他只能与小说中的另一个自己交流，但天吾的世界不会寒冷，天吾比青豆更容易走进阳光里。

这个总喜欢去新宿车站附近的那个咖啡店里看书、喝咖啡的男人大概做梦也想不到自己会与青豆这样的女孩有交集，但这也并不奇怪。在相遇之前，所有相爱的人都是迎面不识的陌生人。

有的时候，从陌生到熟悉不过是一个抬头的瞬间。这些都不是自己可以决定的，就好像青豆说的那样：“呃，菜单也好，男人也好，别的什么也好，我们觉得好像是自己在挑选，实际上我们也许什么也没选。说不定那是从一开始就设定好的，我们只不过是做出挑选的样子。什么自由意志之类的，没准只是我们的想象。我常常这么想。”（《1Q84》，赖明珠译，时报文化出版社）

青豆早早就看到了自己孤独的一生，她看到了尽头，她知道这一生自己都将无依无靠，只能寂寞。在青豆所走过的地方，随处都可见寂寞在唱歌。“走下梯子一小段的地方，有一段伸向高速公路中央再转回来的平面甬道。从那里再接着走下笔直朝下的梯子。与无遮蔽的太平梯隔街对面，有一栋五层楼的小住宅大厦。造型相当新的茶色砖瓦建筑。朝梯子这边有阳台，但每扇窗都紧闭着，窗帘或百叶窗都拉上。”（《1Q84》，赖明珠译，时报文化出版社）

青豆前往杀人地点的途中，所经过之处除了风声只有蜘蛛网，她一边准备去杀人，一边不由自主地在心里回忆起过去，高中时期的同窗好友，二人甜腻、暧昧又羞涩的情感令青豆心里一荡。爱这种隐秘而伟大的情感，是青豆从来不曾注意过却一直拥有的，青豆不知道，在一个合适的时机，这份情感会喷涌而出，从她的心底流淌出来，令她无法招架，只能投降。

能够不管身处什么地方、什么时间都深深爱着一个人，这是值得人羡慕的一件事情。因为不是所有人都能够遇到令自己珍惜、难忘的情感。在青豆初遇天吾时，她对这个几乎一无所知的男人献出了自己的心，这份情感隐秘而伟大，让人心生欢喜，麻酥酥地传遍全身。但也会感到不好受，尽管对一个男人爱到了这种程度，作为一个活生生的人，为了保持平衡，

能够不管身处什么地方、什么时间都深深爱着一个人，这是值得人羡慕的一件事情。

还是会想和萍水相逢的男人做爱。“就像西藏的转经筒一样。转经筒旋转时，位于外侧的价值和感情就会忽上忽下，忽而闪光，忽而暗淡。但真正的爱情始终固定在机轴上，永远不会变化。”（《1Q84》，赖明珠译，时报文化出版社）

对于爱，青豆所需不多，但又必不可少。青豆的爱一旦被她意识到，便不会有所保留，她付出一切去爱，在这个荒唐的世界，能够有这样一个值得自己爱的人，还有什么理由拖延呢？

被青豆爱着的天吾在一开始的时候，还只是一个普普通通在补习班上完课，就会搭车前往新宿，在纪伊国屋书店买几本书的普通男人，他与青豆的人生毫无联系，也看不出会有交叉的可能。如果两个人能够在彼此的人生轨道上毫发无损地平行前行，那么在村上春树的故事中，便会少了这样一个魔幻的爱情传说。

天吾是一个爱看书的男人，他无时无地不在读书。“天吾把刚买的书摊开，开始读。是关于符咒的书。评论在日本社会中，符咒发挥了什么样的机能。符咒在古代社会中扮演了重要的角色。在弥补社会系统的不完备和矛盾上，符咒发挥了作用。真是相当愉快的时代。”（《1Q84》，赖明珠译，时报文化出版社）关于天吾读书的细节，村上春树总会细致描写，这个男人纯真得好像宠物店里的小猫，安静地不打扰别人，也不被别人打扰。

“这是个杂耍般的世界，一切的一切不过是虚妄，但是只要相信我，一切都将成为真实……”（《1Q84》，施小炜译，南海出版公司）这是在经历了一系列变故之后，青豆一直默念在心的歌词。她要逃出这世界，带着天吾，两个人一起离开，从此在新的世界，开始只有他们两个人的生活。

这世上的爱情演变到最后大概都是为了这一个目的吧——生死与共，生死相依。青豆寂寞冰冷的心在天吾这里最终得到了救赎，她愿意为了这一丝丝的温存献上自己的所有，包括生命。而最终，她也的确做到了，青豆和天吾真的能一直在一起了。

前半生东奔西跑，去了很多的城市，遇到了很多不好的人，深知这个世界深深的恶意和周遭人的冷漠与无情，青豆想要停下脚步，却没有一个适合的理由说服自己，直到遇见天吾，才明白了生命对自己真正意味着什么。在天吾安全、温暖的怀抱里，青豆哭得无法自已，她由衷地说道：“长时间里我都是一个人。而且被各种各样的事深深地伤害了。更早之前与你相会就好了。这样的话就不会走这

么多弯路了。”（《1Q84》，施小炜译，南海出版公司）

天吾的怀抱温暖而自然，径直向青豆敞开，青豆愿意相信这个怀抱会是她的港湾，这个一直喜欢在新宿车站旁的咖啡店里看书的男人，侧脸朝着她，唇边大大的微笑看起来那么温柔，青豆向空中慢慢伸出手，头顶的月亮似乎伸手可摘，一如她现在的幸福。天吾与青豆并肩而立，幸福如同头顶的月亮，明亮、不断升起落下。

如果早一些，再早一些就能遇到你，我所爱的人，那么在这个世上的每一天，我都将会过得更幸福，但即便现在也不晚，只要我们还在一起，永远在一起。

箱根别墅里的鸡尾酒

中年男人在村上春树的笔下总是有些失魂落魄的样子，他们拥有家庭、地位、财富和事业，却失去了梦想、爱情、朝气和自己。可能是因为不相信世上有什么永恒不变的，村上春树总是为他故事中的中年男人安排记忆幽深的回忆，在那段通往回忆的道路上，遍布了荆棘和石子。

初是一个生活安逸但内心饥渴的男人，他在东京闹市区有两间热闹的酒吧，有美丽的妻子和可爱的女儿。在外人眼中，他这样的男人完美成功，生活应当是十分幸福的，但对于初本人来说，这些远远无法弥补他内心的焦灼，一直到他遇到了岛本，那个读小学时腿有点残疾却十分可爱的古典女孩，他内心缺失的那一块才奇迹般丰盈了起来。岛本就好像初一直在寻找的希望气球，只有将气球的线牢牢地绑在手上，才能让自己内心变得更加踏实、稳定。

初从小居住、长大的镇是十分典型的大都市郊外的中产阶级居住地，与初交往的同学们大都生活在十分漂亮、整洁的小小别墅里，院内种着葱郁的树木，大门紧闭，有完整的空间。这些同学的父亲大多数在公司里工作，职位体面，而母亲则是全心全意地照顾着家庭。初的生活也是如此，他从小到大，自己的生活与所见到的生活，无不是这样近乎虚拟的完美。所以，他中年之后常常想起自己的人生，那些经历并不足以让他了解到人生到底是什么样子的，他渴望触摸到真实的生活的样子。

《国境以南，太阳以西》是一个中年男人的意淫梦境。初是一个从小到大生活都被安排得井井有条的男人，他不曾经历过岁月的变迁，也不知道被辛苦击中是什么滋味，在他繁华如梦的人生中，没什么想追求的，也没什么迫切要得到的，眼看着前方的道路一览无余，初开始回顾逝去的往日流年，那个站在时光深处的女孩，渐渐形象清晰起来，如泡影，如空镜。

关于岛本，初有着许多许多关于过去的回忆，在他的记忆中，岛本始终是那个柔顺的小女孩，但多年未见的他们早已在岁月的洪流中各自改变了，重新出现在初面前的岛本并不愿意多谈与自己有关的事情。在初看来，岛本虽然就站在自己面前，但身上总是带着一种长时间要去很远很远地方的气息。

明明敏锐地意识到了岛本还会再次远去的气息，但初并不愿意接受这个事实，在与岛本相处的过程中，他多次要求岛本谈谈自己的生活，他希望得知岛本更多的信息、更真实的过往。每次看到岛本的眼睛，初就陷入深深的悲哀之中，他对于岛本的人生一无所知。他所了解的岛本，只是十二岁的时候的岛本，那个住在他家附近、与他一起上学的岛本，那个岛本距离现在已经过去了二十五年，那个岛本还活在流行扭摆舞的年代，对于此时的、眼前真实的岛本，初一无所知。

“二十五年后的，现在的你的情况，我几乎一无所知。”（《国境以南，太阳以西》，林少华译，上海译文出版社）初在酒吧里看着岛本，哀伤而且无奈地说道。他虽然走出了过去，但依然无法知晓现在的岛本，他与岛本的微弱联系仅仅存在于他们单薄、短暂的年少时光。

初使劲想要抓住岛本，但岛本就像遥远的星星，虽然看起来明亮、灿然，但她身上发出的光却是从初的记忆深处传送过来的，初所感受到的岛本并不真实，没有丝毫的现实感，与眼前的岛本在一起，初仍旧感受到的是十二岁的时光。

“你在那里，看上去在那里，然而又可能不在。在那里的没准只是你的影子，真实的你说不定在别的什么地方。或者已消失在遥远的往昔也未可知。我越来越不明白怎么回事。伸出手去确认，但每次你都用‘大概’和‘一段时间’的迷雾倏地掩住身体。我说，这要持续到什么时候呢？”（《国境以南，太阳以西》，林少华译，上海译文出版社）初好像躺在草地上仰望着头顶的星空，又像俯身湖面看着湖底的幽深暗影，他心里那些离他很近却无法触摸到的情感，让他更感空虚，不知如何应对。

与初的忐忑相比，岛本带着一种与生俱来的镇静，她悄然离开，又默默回来，始终安静地坐在酒吧一角，面前放着一杯鸡尾酒，画面就像静止的风，像从裂开的云隙间洒漏下来的雨后最初的阳光。岛本送给初一张纳特·金·科尔的唱片，瞬间将初拽回当初只有他们两个人的世界。

捧着那张唱片，初内心悸动，无法平静，虽然身处酒吧嘈杂吵闹的环境中，但双耳竟全然听不到外界的一丝一毫的声音。初的眼睛里、心里、全身的毛孔感知到的都是岛本与他，整个世

你在那里，看上去在那里，然而又可能不在。在那里的没准只是你的影子，真实的你说不定在别的什么地方。

界就好像急速撤退的潮水一般远远消逝，空旷无垠的时空里只有他和岛本在静静相对，还有纳特·金·科尔的歌声。

在那一瞬间，初好像重新回到了十二岁的时候，还是一个内心充满了对无尽的生命的喜悦的男孩。他舍不得放手这种喜悦，便邀请岛本与他一起前往他在箱根的别墅，共享这突然袭来的喜悦。

那座僻静无人的小别墅里，只有唱机和无尽的孤寂，从酒吧开车出发，一个半小时就能够抵达，也就是说，只需要一个半小时，初就能和岛本重返儿时纯粹的欢乐时光。初迫不及待地想要岛本接受这邀请，他知道岛本能够与他默契地体会这种妙不可言的生命体验。岛本接受了初的邀请，同他一起乘车前往了箱根别墅。一路上，初虽然感受到了十月夜晚的寒凉，但内心依然被滚热的激情所包裹，他知道一个有着神秘体验的夜晚，马上就要在他眼前徐徐拉开序幕。

“到了别墅，我打开灯，打开客厅的煤气取暖炉，从餐具橱里拿出白兰地杯和白兰地。一会儿房间暖和了，两人便像过去那样并坐在沙发上，把纳特·金·科尔的唱片放在唱机盘上。炉火烧得正红，火光映在白兰地酒杯上。岛本把双腿提上沙发，折叠在臀下坐着，一只手搭在沙发背上，另一只放在膝头，一如往日。那时的她恐怕是不大想给人看见腿的，而作为习惯，即使是动手术治好了腿的现在也还保留着。纳特·金·科尔唱起《国境以南》，实在是久违了。”（《国境以南，太阳以西》，林少华译，上海译文出版社）

在只有初和岛本两个人的箱根别墅里，在四面都是凄楚夜色的包围下，他们相依为命似的沉浸在纳特·金·科尔的音乐声中，一起讨论着国境以南到底是什么地方，认真地思考着世界尽头到底在哪里。对于初来说，他的世界尽头便是岛本的身体，那丰腴的、完美的身体，是可以任他驰骋的天地，那里充满了自由和向往，是他这么多年来一直想要抵达的大海彼岸。

在箱根别墅共度的迷醉一夜，初希望岛本将自己的秘密告诉他，但岛本始终三缄其口，承诺明天再说。在期待与迟疑的等待中，明天准时到来，岛本却不见了。空落落的房间里，只有粗粝的空气从初的嗓子里划过，岛本什么也没留下，就这样毫无痕迹地消失了，连同纳特·金·科尔的唱片一起带走了。

岛本从箱根别墅消失后，初便再也没有见过她，回到东京后，初又回到了一如既往的生活中，只是再也看不到岛本的身影了，再也看不到那个微笑着喝着鸡尾酒的岛本了。初知道自己心里有什么东西正在碎裂，无可愈合地碎裂，他本已经找到了自己的国境以南，那片肥美，留恋不舍之地，但欢愉总是短暂如白驹过隙，只是一个夜晚，在太阳升起之后，所有美好便消失殆尽，梦境一般的时光一去不复返，再也找不到了。

回归现实生活的初既不想永无休止地沉浸在对岛本的幻想中，也不想安心去做好一位父亲和丈夫。在矛盾与痛苦中，初不得不做出抉择，他与早已貌合神离的妻子深切地恳谈。在妻子面前，他道出了自己经历了从现实到过去，又从过去回归现实的真实心声："在此前的人生途中，我总觉得自己将成为别的什么人，似乎总想去某个新的地方、开始新的生活、在那里获取新的人格。迄今为止不知重复了多少次。"（《国境以南，太阳以西》，林少华译，上海译文出版社）

与希腊猫的一个奇遇

猫是一种魔幻现实主义的生物，静止、深不见底部的瞳孔中，能够给人对抗全世界的力量。在许多的文学作品中，猫都被当作主角描写过，侦探鼻祖爱伦·坡曾写过一篇以黑猫为主角的小说，堪称经典。在村上春树的生活与创作中，猫也占据着举足轻重的位置。在二〇一三年十二月，他因为小说《没有色彩的多崎作和他的巡礼之年》位列日本畅销书榜首而接受记者的采访时，就曾谈到猫对他的意义。

当记者问道："为什么您的作品总能让人感到温暖呢？"

村上春树回答道："也许，这应该归功于陪我写作的猫咪吧。"

在一篇文章中，村上春树毫不掩饰地这样描述他对于猫的宠爱："人有形形色色的人，猫有形形色色的猫。我因基本上过着有闲生活，故得以经常观察猫的动态。真可谓百看不厌。有十只猫，就有十种个性、十种毛病、十种生活方式。也许你说毕竟是活物，岂非理所当然——倒也是理所当然——但认真地切近地看起来，也是有许许多多不可思议之处。不可思议、不可思议啊——如此想着想着，不觉日落天黑。"

在村上春树的人生中，猫是给予他灵感和人生哲学启迪的重要伴侣。对于村上春树来说，猫不仅仅是宠物，更是他与这个世界沟通的眼睛。村上春树曾说过："当一天的工作结束后，在夜里，我就把猫放在膝盖上，一边啜几口啤酒，一边写起了我的第一篇小说，这至今都是美好的回忆。"（《村上朝日堂是如何锻造的》，林少华译，上海译文出版社）在村上春树读大学的时候，有一天晚上，他在宿舍附近散步，一只不停叫唤的小猫一直跟在他身后，当村上春树回到宿舍后，这只小猫也跟了进去。

看着蹲在地上可怜张望自己的小猫，村上春树一时心软，就把小猫留在了身边喂养，那是一只褐色虎纹猫，十分可爱乖巧，村上春树很喜欢它。但当时村上春树经济状况不是很好，常常自己都吃不饱，更不用说为小猫准备食物。为了不让小猫挨饿，他想到了向班上经济条件不错的女同学借钱。村上春树将可爱的小猫抱出来，对女同学们说自己没有钱给小猫买食物，希望她们能够借一些钱给自己。果然，那些女同学看到小猫可爱的样子纷纷解囊，慷慨资助村上春树，还有的女同学爱心泛滥，从家里带来新鲜的秋刀鱼或是大虾，送给小猫做食物。

在许多个晚上，村上春树用女同学送的鱼肉和大虾做出美味的食物时，小猫都会跳上桌和他一起享用。饱餐一顿之后，村上春树会看书、写小说或者收听广播，小猫则在他的宿舍静静与他做伴。有一天夜里，村上春树听到广播中一个听众说自己养的一只名叫彼得的猫走失了之后感到很寂寞，于是他就给自己的小猫起名为彼得。

在那段贫乏、孤独的日子里，村上春树和彼得一人一猫相濡以沫，怀抱着梦想，即便自己身处看不见未来光亮的境地，也要仰望星空，微弱的、穿越了千亿光年的星子之光虽然徒劳，却能在无光的夜里绵延出梦想的道路。在村上春树新婚之后，他与妻子都没有太多的钱，他们只能租住得起一间便宜又嘈杂的房子，那所房子不但噪声很大，冬天还十分冷，但只要冬天结束，便是温暖的春天来临，在美妙的春季，村上春树和妻子抱着猫一起乘坐电车，一起晒太阳，将日子过得好像湖底一样静谧恬淡。

在最贫穷的那段日子里，村上春树和猫一起度过了寒冷的冬日，一起在温暖的春光下晒着太阳，这段可以装入记忆玻璃瓶中的时光，因为有了猫的存在而格外温馨。

与猫的缘分一直没有间断，后来，村上春树在《读卖新闻》上发表过一篇名为《要写酿造出温暖的小说》，他在文章中写道："每当我紧搂着彼得，常常想，一只暹罗猫就这样创造了一个又一个奇趣。"在村上春树的许多文学作品中，猫时有出现，并在文中起着举足轻重的作用。

除了彼得，村上春树还养过许多猫，后来，因为他要旅居国外，无暇照顾，才将这些猫送给别人，但他对于猫的喜爱一直都没有减少。旅居欧洲在希腊短暂居住时，村上春树发现希腊岛上的猫随处可见、无处不在，它们就像藏匿于视线盲点里的小精灵，会在你一个不经意回头间，在小路上、楼梯间、巷子里出现，不论你走进哪家餐馆，也不论你看向哪个角落，都能够发现它们。

在村上春树居住的房屋前面有一大片的空地，不时有人会在那里放上一些剩饭剩菜，自然而然，那里便成了流浪猫集会的场所。那些猫聚在一起，大口吃着周围居民摆放在那里的各种食物，在村上春树看来，这些猫好像过年吃大餐一样大快朵颐的样子实在令他惊讶不已。

在日本是不大可能有这样的场景的，因为如果这样做了，会被周围邻居抱怨将附近的野猫都引来了，但在希腊，人们对于猫的态度却是不过分亲昵，也不拒之于千里，人和猫平静、互不打扰地一起生活。作为构成“世界”的一个存在，猫在希腊过得十分自在逍遥，在村上春树看来，希腊猫比起其他地方的猫更悠然自得，在这座海岛上，猫不是悄然溜走的生物，而是存活于人们心间的一个“存在”。

“伊德拉岛的猫漂亮。毛色滑润，有伤的猫几乎看不见。亲近人，不胆小，却又不死皮赖脸。在港口附近餐馆里吃东西，总有五六只围上餐桌，但只是静静等待，样子似乎在说：‘如果可以的话，您吃完请给我一点儿，一点点就行。’招呼一声就竖起秃尾巴过来，一摸就‘咕噜咕噜’发出喉音。感觉非常好。我猜想，大概因为这里游客多，使猫进化得讨人喜欢了。

“相反，斯派赛斯岛的猫，招呼它一般也不肯过来，刚要摸就一溜烟跑了，有的家伙甚至发火挠你。较之疑心重，恐怕更是因为完全不习惯人们的这种交流方式。这还不算，提起这里的猫，全都伤痕累累，找不带伤的猫绝非易事。”（林少华译，上海译文出版社）

花费大量的时间和精力，村上春树将所到之处的猫都认真观察了个遍，他在游记中还花了大篇幅描写各地的猫有何种特性，与人在一起有什么不同。村上春树的青春期冗长、消沉，因为猫的存在，让他变得愉快起来。从最初的拒绝外界，长期处于人群之外，只肯读书写作，到后来走进生活，细致地端详生活的每一条丝线，村上春树的身边，一直都有猫的陪伴。

在希腊岛上居住，他每日与猫在一起。他在希腊各种各样的岛上、镇上、村子里转过，见过各种各样的猫，他给那些猫分类，看着它们在各处飞奔，轻盈地跳上窗台，顺滑的毛发在阳光下泛起高贵的、令人眼晕的光。村上春树每次看到猫，都要凑上去分辨一下，看看它是不是自己之前见过的那一只。猫始终是治愈村上春树的神奇生物，并且让村上春树相信自己足够好，每个人都会老，但猫不会，它们拥有最灵动的灵魂和敏捷的身体，它们的眼睛永远充满生机，它们就像一团神秘的存在，毫无征兆地降临你的生活，也会在你毫不知情的情况下离开你的生活。

时间消逝，村上春树所出版的著作日渐累积，他笔下的每一个人物都被读者所熟知，他本人的生活也曝光于大众面前，大家都知道他爱猫，却鲜少人知道猫对于村上春树真正的意义是什么。在接受译者赖明珠采访时，村上春树提到了时间和自由的概念，他说他没有随着年龄增长而累积的东西，岁月对于他来说是不存在的。自在、轻盈地在这个世界上，抛开一切束缚，就像猫一样。

村上春树写了许多关于猫的文章和故事，在他的笔下，猫是世间最灵动的精灵，是他生活中最佳的伙伴："在那样的午后，有一个异于我们世界的时间，悄悄地穿过了猫的身体。我以孩童细小的手指，在猫毛中感觉到了那时间的流动。猫的时间，就像藏有重大秘密的银鱼，或者像时刻表上没有记载的幽灵车似的，在猫的身体深处，以猫形状的温暖暗影，神不知鬼不觉地消逝。

"我配合着猫的呼吸，慢慢地吸气，又慢慢地吐气。以一种周围的人都不会发现的方式，静静地呼吸着。是不是碰巧感觉到了猫的时间，我并不清楚。我很喜欢这个样子，猫在，我在，但我也是不在的。"（《软绵绵》，林少华译，上海译文出版社）

靠自己活下去的心情，大概就是村上春树在猫那里探知来的哲学。虽然孤独，却自由；虽然冗长，却轻盈。村上春树和猫之间建立了某种联系，某种隐秘的、直接的联系。就像村上春树在一篇文章中写的那样：“人和猫的故事，在每一个有爱的角落传播，像春阳的芬芳、夏阳的热烈、秋阳的静美、冬阳的柔暖。如果有一天早上醒来，发现猫不见了，我的整颗心都会是空荡荡的。养猫与读书对我而言，就像我的两只手，相辅相成，编织出多彩的生活。”

迷失，岁月森林

我或许败北，
或许迷失自己，
或许哪里也抵达不了，
或许我已失去一切，
任凭怎么挣扎也只能徒呼奈何，
或许我只是徒然掬一把废墟灰烬，
唯我一个人蒙在鼓里，
或许这里没有任何人把赌注下在我身上。
无所谓，有一点是明确的：
至少我有值得等待，有值得寻求的东西。

——《奇鸟行状录》（林少华译，上海译文出版社）

迷失在国分寺

东京是一座不可思议的城市，会让身处其中的人感到不可抑制的庄严感由心而生。行走在洁净的街道上，两旁的建筑物上颜色各异的商标广告牌融化在光线里。冬日的阳光明黄、细腻，风很大，有神情严肃的日本男人穿着过膝的风衣，匆匆在街角走远；还有看起来开朗外向的日本女孩子像是从漫画中走出来一样，脸上带着友善、放松的表情，她们跳跃的身影消失在地铁口。

整座城市带着一望而知的清冷和沉寂之感，即便是午后三点暖融融的阳光，也无法将其镀上生气。这里是被洗去了色彩的照片，也像一幅刻意涂抹了阴影的印象派画作。一座城，都是隐没了笑意的冰冷。

从中央线电车里看出去，天色渐变，云朵堆积又消散，大朵大朵地泼洒在清明的天空幕布之上。这个场景，这个地点，是村上春树小说里的尽头。

在村上春树的小说中，没有开始，只有结束。那些小说中的主角从来就知道自己命运的终点，他们叹息着走向自己人生的尾巴，没有人能阻止他们迟疑却又不肯停下的步伐，爱情也不能。在白天里，他们是形形色色职业各异的上班族、学生，表情单一，被挟裹在人流中不停向前走，不焦躁，也不会冲动。可是，当夜晚降临，大地笼罩在一片赤裸、绝情的黑暗之中，他们便都成了自己，那个独一无二，悲苦和伤情都无所遁形亦无处隐藏的真实自己。

在《挪威的森林》中，渡边和直子偶然相遇在中央线电车里，当时渡边打算要去神田逛一逛书店，而独自一人的直子则是打算去看一场电影，都不是什么要紧的、非做不可的事情。两个无聊的、毫无目的的人在中央线电车里相遇，直子低声说下车吧，渡边便跟随直子下了电车。渡边并不明白直子为什么要说下车，他也不明白两个毫无话题可谈的人为什么要一起行走在东京街头。

两个游走在世界边缘的人彼此发现，相互伸出渴望的手，就像即将要溺毙在大海中的待救者，他们都把彼此当成了能够拯救自己的那块小小的舢板。在陌生的怀抱里，他们寻找自己想要的安静和疼痛。渡边一直不满意自己的生活，他试着用不羁、放纵去对抗生活给予自己的难堪，一次又一次，他以为自己是充满勇气的斗士，结果却只能是一遍遍体会到无力的消亡感。

直到遇见了直子，在毫无征兆的偶然邂逅下，渡边看到了那个同他一样，独自游荡于陌生城市街角的女孩。直子就好像渡边长久暗淡的生活中，无意中被投入的一颗小石子，在他无声无息的生活死水上泛起了涟漪。渡边自己都没有意识到，平凡普通、毫不显眼的直子就这样成为他心里不肯与旁人分享的一份珍藏，他小心地守护，想要与之长久依存。

从四谷车站出来之后，直子任性似的快步前行，渡边尾随追赶，但他始终和直子之间保持着一米左右的距离，在相距一米远的距离后，渡边一边前行，一边打量着直子的背影，黑色的发丝中，小巧白皙的耳郭若隐若现。直子不时地回头与渡边说话，渡边则时而作答，时而沉默。这样尴尬的行程，在渡边与直子看来，却似乎十分自然，他们一前一后地走着，就像情侣散步一样。

“到了饭田桥，她向右一拐，来到御堀端，之后穿过神保町十字路口，登上御茶水坡路，随即进入本乡。又沿着都营电车线路往驹込走去。路程真长得可以。到得驹込，太阳已经落了，一个柔和温馨的春日黄昏。”（《挪威的森林》，林少华译，上海译文出版社）

直子带着渡边悄无声息地在人群中穿梭，没有人注意到这两个面色清淡的年轻人，人们低头前行。东京的街头，细细去听，鞋跟与地面接触的声音如海浪声此起彼伏。在人群中行走，拐过一个又一个路口，走过一条又一条街道，心里是大张旗鼓的喜悦的热情，表面上依然是云淡风轻的闲话轻谈。

在那一刻，直子应该希望自己变得正常，她想要好好地和渡边相处，就像所有与他们擦肩而过的恋人一样，能够真挚、长久地爱着对方。直子在努力地打磨自己过分敏感的神经，希望它们能够粗粝一些，好让自己能留在身后那个男孩身边更久一些，久到还可以再走过一次神保町的十字路口，再从本乡经过。

如果不能够，能一起认真地看一次黄昏来临，也是满足的。

有多少个日夜，是直子自己一个人在路上走着，在街灯霓虹的路口，走着走着就突然失去了力气，微弱的身体靠着坚硬的墙壁，低头看着鞋面上密密的尘埃，有那么一刻，她希望自己就这样死去，死在无人关注、无人惦念的那一刻，但并没有。每一个人都会拥有一座属于自己的森林，那片森林是我们的领地，是我们的归属，是我们不愿他人踏足的秘密之地，这座森林也许我们从来都没有去过，但它始终在那里，迷失的人在森林里迷失了，相逢的人总会有朝一日再相逢。就算是最心爱的人，心中也会有一片你无法抵达的森林，对于渡边来说，直子的内心就是他永远也无法进入的森林。

有一天，我们都会讶异，原来我们深爱的人会成为另外一个样子。所有相爱的人都会变得陌生，尽管在爱情中，没有人肯相信。

在国分寺的直子公寓里，渡边为直子庆祝二十岁的生日，那个雨夜里，两个人一边喝酒一边听音乐。寡淡的直子突然健谈起来，她固执地滔滔不绝，不肯沉默。在渡边不停暗示自己要离去时，她也不肯停下话语。

不知道为什么要继续说下去，不明白为什么不想让身边的人就这样离开，每个人都会经历这样的时刻，在一个完全没有预兆、没有预谋的时刻，渡边和直子睡了。在直子的泪水和激烈情绪中，他们度过了充满温情而又无可奈何的一夜。

渡边离开时并没有意识到，国分寺的这间公寓是他失去直子的尽头。那个下着雨的夜晚仿佛虚幻一样存在于记忆的轨道之外，渡边固执地不肯承认自己在与直子无意义的重逢之后，已经彻底失去了她。他固执地认为直子会在曾经出现过的地方再出现，固执地在漂亮女孩间放浪不羁，固执地不相信自己与直子的劈面相逢，仅仅是为了别离。

国分寺的那间小小的公寓，那个巴掌大的地方，成了渡边人生中再也无法抵达的那片森林。渡边和直子因为在绝望的时候紧紧拉住了彼此的手，从而获得了内心深处的修复和温暖。国分寺的公寓里，凌乱的地板上，断断续续的音乐声中，那段须臾的记忆深深根植于二人的心脏中，在每一个下着雨的夜晚，都会让他们心脏紊乱，而且疼痛。

在与直子失去联络后的很长一段时间里，渡边仍会给直子写信，并寄到直子的老家地址。他在信上写着自己的学习、生活、朋友，就像直子坐在他面前似的那样闲聊。但直子就好像消失了一般，再无消息，令渡边在不断的企盼与失望中混沌度日。

在一次餐厅用餐时，绿子偶然又有意地闯入了渡边的生命。绿子的闯入令渡边灰色、迷茫的日子泛起了一丝涟漪。人如其名，绿子就像冬日中的一抹春绿，给渡边的生命中注入了不一样的气息。

如同当日和直子约会那样，渡边也会与绿子相约，一起漫步在东京的街头、乘坐电车、前往绿子的母校，交换彼此的过去岁月。和敏感寡言的直子不同，绿子总是有许多问题，她对一切感兴趣，时刻都能发问，和绿子在一起，令渡边慢慢地想起以前的许多事情。绿子就好像一把钥匙，能够开启渡边心中掩闭已久的门。与绿子交往的时日越久，渡边越知道，甜美可人的绿子如同一个意外砸进了他的生活，也给他带来了一些模糊而不可言说的渴望，这与他和直子在一起是完全不同的感受。

在一次与绿子的约会中，绿子将他领到了自己的母校中，那所高中距离四谷车站步行并不算远，和绿子一起从四谷车站漫步过去的时候，渡边忽然回忆起了和直子那一段漫无目的地踱步的日子。也许他与直子的一切都是从那个时候开始的吧，假如那个五月的星期天，渡边没有独自一人乘坐中央线电车，也便不会与直子邂逅，那他的人生一定会与现在大大不同。虽然这样暗暗想过，但渡边还是清楚地知道，就算在中央电车上没有遇到直子，他们也会在东京其他的地方相见，就算在东京无法遇到，世界其他角落里，总有一天，他们会在低眉抬眼间，看到对方的影子。

世间所有的相遇都会离散，当渡边和绿子一起坐在公园的长椅上，一起远远眺望着绿子母校的建筑物，看着那些古意盎然、上头爬满了常春藤的建筑，渡边在夏末的阳光中，心中满是迷茫，好像烟囱里升腾起的阵阵白烟。他看着屋檐上飞过的白鸽，看着阳光下绿子胳膊上布满金光的汗毛，看着远处向他走来又离他远去的游人们。渡边不可抑制、无法控制地想到了和直子在一起漫步的日子，那段漫无目的、简单自在的时光，是渡边一生都不可能淡忘的记忆。

有些人注定要相遇，有些人注定要分别，在与绿子轻快明朗的交谈中，渡边放肆地在脑中思念直子，他身体中的欲望难以压制，绿子的简单和明亮给了渡边一种放肆的可能，他可以无言地轻视绿子的存在，一心一意地去思念直子。渡边和绿子就像生长在一起的树，他们在阳光中轻摆树叶，度过了一个又

有些人注定要相遇，
有些人注定要分别。

一个下午的时光。

绿子有时会轻轻问渡边一些问题，但渡边都摇头，绿子会笑着告诉渡边答案，而渡边除了温和地看着绿子之外，什么话也不会说。绿子眼神清澈，手指轻柔，抚摸上去，会在渡边的心底蒸腾起梦幻般真切的画面，那画面中，直子穿着渡边初见她时的衣衫，像个小女孩似的在海边奔跑，那是渡边从未见过的样子，好像涨潮的海水，温柔地吞没了岸边的所有沙砾。

渡边轻轻地叹息，自己早已迷失在这其中，任凭谁也无法将他拉出回忆的潮汐之中，微湿的空气中，鼻翼间还能嗅到海浪咸咸的味道，那是迷失的凭证。

梦见海豚宾馆

《舞！舞！舞！》讲述的是一个身处婚姻与事业低潮期的中年男人的故事，村上春树很少写家庭，他笔下的人物都没有家庭的束缚，拥有完全的自由，但这部小说里，这个男人，一无是处又不甘心沉沦的男人，正一心想要从家庭的桎梏中爬出来。作为一个离婚的男人，每日无所事事，沉溺于过去的追忆之中，毫无生活下去的信念，一心想要重新寻回激荡人心、让他能够燃烧的岁月。

他每天过着“既无半点野心，又无一丝希望”，对于一切令人愉快的或者是令人生气的事情都来者不拒的无趣生活。在四年前，与应召女郎“喜喜”在北海道的一间破旧、残损的名为海豚宾馆的地方投宿之后，“喜喜”却突然不知所终，就如同泡沫一样消失在空气中。这件事情一直是男人如鲠在喉的记忆，他不停地想到那个宾馆，想到“喜喜”，他这样执着于对过去的回忆，以致在现实的生活中反而有一种流离失所的疏离感。

在现实中越来越找不到归属感的男人，终于下定决心前往海豚宾馆，他要找寻一个答案，找到“喜喜”，或者说他要找到自己，找到他压抑起来、收藏起来，一直不敢暴露于光明日头下的自己。他希望找到自己的入口和出口，在他时常回忆起的过去片段中，他常常想起和死去的朋友常去一间小酒吧，在那间昏暗的酒吧里，他们度过了浑浑噩噩的时日，当时觉得空虚、不抱希望的时光，现如今回忆起来，却是他以往人生中最为具体、最为充实的时光了。

记忆的海洋存纳了许多已经淡忘了的光阴，在回身找寻的过程中，每一滴从海洋中舀起的水滴都能释放出一个完整的世界，关于那些年曾经如何荒唐、如何雀跃的世界，将它们捧在掌心，感动又感伤。

位于札幌市区一处偏僻地段的海豚宾馆并非虚构出来的地

在回身找寻的过程中，每一滴从海洋中舀起的水滴都能释放出一个完整的世界，关于那些年曾经如何荒唐、如何雀跃的世界，将它们捧在掌心，感动又感伤。

点，男人对那里有着特殊的情感，海豚宾馆常常在日后漫长的岁月中出现在他的梦里，梦中的宾馆冷清、无人问津，长长的走廊只有他独自一人的孤独脚步声。他无人可以说话，也没有看到任何出口，在看不到尽头的走廊上，他苦苦寻找出口，但是这凄冷的梦境似乎无休无止，沉寂的暗夜让四周充满令人窒息的影子。

当男人终于来到北海道，越来越接近海豚宾馆时，脚步反而有一些迟缓，过去的记忆如碎片般飞入他的脑海中，让他无法正常思考。他坐在咖啡馆中，慢慢消化着这些突如其来的往昔。当他认为自己终于做好了准备，可以昂首挺胸、无所畏惧地重返过去的时候，却站在海豚宾馆的门口前迷惑了，对于海豚宾馆的位置，他虽然早已记不清楚，担心找不到，但没想到他完全多虑了。

海豚宾馆好像一块巨大的石头矗立在他眼前，“宾馆一目了然：它已摇身变成二十六层高的庞然大物。包豪斯风格的时髦曲线，金碧辉煌的大型玻璃和不锈钢，避雨檐前齐刷刷排开的旗杆以及顶端迎风飘舞的各国国旗，身着笔挺制服的正在向出租车招手示意的小汽车调度员，直达最高楼层的透明电梯……如此景观有谁能视而不见呢？门口大理石柱上嵌着海豚浮雕，下面的字样赫然入目：海豚宾馆。”（《舞！舞！

舞！》，林少华译，上海译文出版社）

就在梦里也一直想要抵达的地方，就这样以大张旗鼓的姿态降临了，男人被动地接受了这样的开始。他希望能够像当年一样，找回种种昔日的线索，让他的人生中那个一直困扰自己的疑惑得以解开。毕竟，找到“喜喜”，向她问清楚当日为什么要不辞而别，这总归是自己的权利吧。

但“喜喜”就好像暗夜中的昙花，刹那绽放后，再无开放的踪迹，那个记忆中的甜美温暖的身体好像一直蜷缩进了幽暗的记忆深处，不肯再露面。男人不厌其烦、坚持不懈地寻找，但毫无结果。反倒是羊男出现，给了他记忆深处又一道闪眼的光亮，羊男就好像一个深不见底的潭洞，一不小心就会被吸入潭底。男人对羊男不免有几分敬畏，虽然是久别重逢，却也没有过多的惊喜，羊男冰冷的气息无比鲜明地展露无遗。

羊男的出现，为男人寻找过去之旅带来了颠覆，令男人对自己的寻找产生了深深的质疑。男人愿意也好，不愿意也罢，他知道自己和这个地方都无法摆脱关系，他虽然不愿意承认，但内心清楚，这里对他来说是极为特殊的场所，他知道这里对他的意义十分重大，他能够真切地感受到自己在这里幽暗的走廊中，究竟有着怎样的过去。在羊男的指引下，男人彻底迷失在了海豚宾馆里，这间小小的宾馆不曾与他的过去相连，却紧紧与他的未来牵扯，男人不知道自己的回来是旅途的起点，还是旅程的终点。

羊男就像一个预言家，他似乎早已知道男人会再次回到海豚宾馆。“一切从这里开始，一切在这里完结。这里是你的场所，始终是。你连着这里，这里连着大家。这里是你的连接点。”羊男的话并不能被男人所领悟，男人不能相信海豚宾馆是为自己准备的世界，也无法理解这样的事情，他就好像一个懵懂无知的孩子，听到成年人在讲述宏大复杂的世界规则，内心觉得太过离谱了。

羊男对男人讲了许多似是而非的话，男人无法敏感地立即体会，羊男也并不急于给他解释。男人还想得到更多的启发，他无法理解现在所处的这个世界，但羊男已经不肯多说了，男人只好离开，回到那个既不能让自己幸福又不肯放自己离开的现实世界。

“‘跳舞就是，’他说，‘此外别无他法。我是很想把一切给你解释得一清二楚，但我无能为力。我所能告诉你的只有一点：跳舞！什么也别想，争取跳得好些再好些，你必须这样做。’”（《舞！舞！舞！》，林少华译，上海译文出版社）

带着羊男对他的启迪，男人重返现实，他没有找到“喜喜”，也没有明白羊男所说的话究竟有什么深意。男人游魂似的游荡在街头，草草地填饱肚子，满腹心事走进电影院，看着屏幕上热闹的画面，心里还在思索着自己的事情。这时，他忽然在屏幕上看到了“喜喜”，虽然那张熟悉的脸只是一闪而过，但男人真的看到了“喜喜”，他也认出了“喜喜”的声音。此时，羊男的声音在他耳边响起：“跳舞！什么也别想……你必须这样做。”男人在影院的黑暗中一声叹息，他的想象终于和现实世界连接上了。

《舞！舞！舞！》讲述一个过着无趣生活的三十四岁的离异男子前往一个旧时梦境中的宾馆，寻找一个女孩，却在寻找的过程中不断发现自己所找到的与自己想象中要找的不一致。在现实与虚幻中不停出入，男人本想逃离现实生活的逼迫，却没能够逃避开内心世界的催逼。

从札幌的海豚宾馆回去之后，男人的生活仍在继续。他的生活中陆续闯入了几个女人，她们给男人的生活注入了一丝不同，但男人仍在想着“喜喜”出现在电影中的事情，他又进到电影院看了几遍电影，“喜喜”的身影在他眼前晃动。

走出电影院，男人在涩谷街头踟蹰。沿途店铺响着震耳欲聋的音乐，组合成了混沌的喧嚣世界，与男人混沌的梦境混杂在一起。

“步行到原宿之后，我穿过千驮谷走到神宫球场，又从青山大街走到墓地下。到得根津美术馆，从《费加罗报》前面通过后，再次走到纪国屋，最后经仁丹大厦返回涩谷。距离相当不短，到涩谷已是薄暮时分。站在坡上望去，只见各色霓虹灯开始闪烁的街道上，身裹黑乎乎风衣的面无表情的公司职员，犹如溯流而上的冷冰冰的鲑鱼群，以同样的速度游动不息。”（《舞！舞！舞！》，林少华译，上海译文出版社）

有那么一瞬间，男人似乎真的相信了羊男的话是真的，海豚宾馆是他的世界，而眼前的世界不过是梦中的景象。他不相信眼睛，但也无法相信自己的内心，他不知该听从谁的安排，也无法自己为自己安排人生。

冰冷黑暗的现实世界与虚幻无法触摸的梦境令男人坐立难安，在现实世界中游走时，他仿佛置身梦境，在梦中见到“喜喜”时，又好像真实得如同现实一般可以触摸到。现实与非现实之间，男人无论在哪一个世界都找不到自己的归宿。

阿美寮里枯萎的青春

一个人的青春有多久，这是一个让人难以作答的窘迫问题。无论是正在年少中踟蹰的年轻人，还是被生活重压摧毁得无法均匀喘息的不年轻的人，“青春”这个词永远是他们咖啡杯中的那粒方糖，喝起来甜丝丝的，顺着食道滑下，但用勺子搅拌时却什么也找不到，棕黑色的咖啡被勺子搅出一圈圈的波纹，就像我们破碎的生活。

如果说青春是我们日常中的喃喃自语、恋恋不舍，那么在村上春树的笔下，青春是生命的全部，是小说中的人对未来全部的追求，他们有且只有青春，就像春季的花园里，四周鲜花盛开，所有的桃红与柳绿都在恣意地绽放。这样的青春轰轰烈烈，但是短暂，很像王家卫电影里那瓶马上要过期的凤梨罐头，打开之后，送入嘴里，依旧美味，却不得不扔掉。

“即使在经历了十八年光阴巨变的今天，我仍然可以真切地回忆起那片草地的风光。连绵细雨的冲洗下，夏日的尘埃被涤荡干净，山坡上青翠碧绿，细细凝望，远处的树叶摇曳风中，她微微卷起的秀发映入我的眼帘，狗的吠声从远处传来，细微得如同从另一个世界的入口传来的。”（《挪威的森林》，林少华译，上海译文出版社）当渡边乘坐的飞机在机场降落时，他的青春记忆轰然而至，浮想联翩中，过去的人生旅途中失去的许多东西一一被忆起。

直子最先浮上心头，时值盛夏，她穿着浅白色的T恤，对着渡边妩媚地微笑。那是直子从未展露过的笑容，一点也不生硬，柔和得无与伦比，在某种意义上，这笑容比天真少女的微笑还要打动人心。

与直子的一切，渡边都历历在目，那些点滴的往事被记忆的浪潮推上海岸线，渡边沿着海岸线走过，一一捡拾，最后却不得不放手，因为纯粹只是影子罢了。他和直子的一切都清晰得历历在目，如同昨日发生的事情，但是下笔去写，却是一个字也写不出来。究其原因，渡边想大概是直子永远地留在了青春里，而自己已经跋涉了太远太远……

“快到十一点时，电车抵达京都站。我按直子的指示，乘市营公共汽车到三条，步行到附近一个私营铁路的巴士终点站，问16号公共汽车从哪个站台几时发车。答说十二时三十五分从对面第一个候车亭出发，抵达目的地要一个小时多一点。我在售票处买了车票，然后走入近处一家书店，买了张地图，坐在候车亭的凳子上查找‘阿美寮’的准确位置。从地图上看，‘阿美寮’委实位于深山老林之中。直子信上说：公共汽车须向北翻越几座山头，行到再也无法前行的地方后，掉头拐往市区。我下车的停车站往前几步远便是终点。停车站前有条登山道，步行二十几分钟便可到达‘阿美寮’。我想，去的地方既是深山，那里必定安静。”（《挪威的森林》，林少华译，上海译文出版社）

直子所在的疗养院在青翠的深山之中，渡边想要到达那里需要大费一番周章。一心想要再次见到直子的渡边并不明白，从直子离开他生活的那一刻起，就注定了他们来不及再在一起，就算渡边翻山越岭，一心一意赶来这里与直子见面，他们之间也还是来不及，在国分寺直子那间小小的公寓里，他们早已经默然地告别了。

青春最美的地方就是相信自己相信的事情会发生。当渡边抵达阿美寮之后，一动不动地躺在直子的房间里等待直子回来时，他不知道为什么忽然想起了过去的许多事情，那些往事令他凄楚。在他被淹没于记忆的泉水中时，甚至都没有留意到推门而入的直子，当活生生的直子站在渡边面前时，他反而迟疑了。眼前的直子与记忆中的直子似乎有了些许的不同，渡边记忆中编织的直子的形象与真实的直子不知哪里不一样，当时的渡边并没有多想，重逢的喜悦席卷了他的内心。

可平静之后的相处，还是让他和直子陷入死气沉沉之中，木月是横亘在他们之间的一条小河，虽然不宽，却是二人无法跨越的沟壑。直子深爱着木月，青梅竹马的婵娟情意，不是渡边所能取代的。木月死了，直子的爱也死了，她就像是一具不能再爱的躯壳，生命中所有的色彩都随着木月的死亡而退入阴影之中。

在《与小泽征尔共度的午后音乐时光》中，村上春树写道："虽能开朗地接纳旁人，却又活在深沉的孤独中。他身上同时存在这两种个性，如果只选取一方面来看，必将扭曲他的真实面貌。"直子正是这样，虽然接受了渡边，她的身体希望被渡边抱着、爱抚着，但她的心却始终停留在木月那里，她无法接受自己这样的行为。直子想要走出过去的阴影，走到阳光之中，却怎么也办不到。

这让渡边感到痛苦。他爱着直子，爱着直子在与他往日相处中，眼角处聚集起来的迷人细纹，但他也明确地感觉到，生病后的直子离自己越来越远，即便自己站在直子面前，也捕捉不到，就好像眼前的直子只是一个影子而已。

这让渡边感到心痛，他深切地明白自己以前与直子的种种都不可能重来，那是永远不可能重来的宝贵时光，是不论他做出多少努力都无法挽回的时光，那段时光只能留在青春里，是只能被渡边久久凝视的青春。

在疗养院的夜晚，渡边从屋内出来，他穿过杂木林，在一座小山包的斜坡上坐下来，静静望着直子居住的方向，想要找出直子的房间十分容易，只要找到那间最为昏暗的窗口便是。渡边静静望着那有着微弱光亮的窗口，就像望着直子单薄、脆弱的灵魂，他很想用自己的怀抱紧紧护住这点光亮，守护这点光亮，但他抬起胳膊，却发现那光亮离他渐远。

对于渡边来说，直子永远是海浪中的一座孤岛，那么寂寞。他屡次想要登上那座岛屿，但就是无法办到，这就好像宿命的安排一样，只能守望，却不能依靠。渡边只有在与直子保持距离时，内心才会安静。

与直子的故事注定没有后续，在直子自杀之后，渡边陷入深深的茫然之中。直子死后，渡边才明白了当初直子一个劲儿央求他不要忘掉自己的原因，那是因为直子早就知道自己在渡边心目中的记忆会被冲淡，虽然渡边再三保证不会，但直子内心深处却是不相信的，她知道没有什么可以长久留下的，记忆尤其不可靠。直子在生病时，在信中对渡边说："你不像我，你不可能轻易地钻入自己的壳中，你总能随便做些什么来使自己解脱。"（《挪威的森林》，林少华译，上海译文出版社）直子无法摆脱青春的枷锁，所以她永久地留在了青春里。

与直子同住的玲子的信可以说是点拨渡边心中隐伤的关键："纵令听其自然，世事的长河还是要流往其应流的方向，而即使再竭尽人力，该受伤害的人也无法幸免。所谓人生便是如此……有时候你太急于将人生纳入自己的轨道。假如你不想进精神病院，就要心胸豁达地委身于生活的河流。"

在直子去世后，渡边进行了一场对自己的流放，他不断旅行，住进廉价旅店，当时的他行走的是山阴海岸，鸟取或兵库的北海岸即在这一带。渡边沿海赶路，他睡在沙滩上，捡着被海水冲上岸的木柴生火，他坐在火边，一边喝着威士忌，一边念着直子的名字，他无法接受直子已经死了的事实，就算他亲耳听到了钉子敲进棺木的声音，他也无法承认，直子已经永远离开了他，虽然他从未拥有过她。

想到直子已经死了，渡边悲伤得难以控制，但当他清楚意识到在与自己交往的过程中，直子连爱都没有爱过他，更是绝望。青春就像一张巨大的网，无处不在地将我们的一切都笼罩其中，随着年龄的增长，当我们回头再去看这张青春的网时，却只能看到破碎的、残留的往昔，那些碎片弥足珍贵，但当时的我们却并不知道。

游荡结束后，渡边给绿子打了电话，他希望能够同绿子重新开始，他希望自己的一切能够重新来过，当绿子在电话那端问他在哪里时，渡边仰起头，飞快地环顾电话亭周围，他不知道自己在哪里，他陷入了深深的茫然之中。犹如站在青春原野上的孤独的人，四周细雨纷飞，空无一人，他渴望有人走来，为他撑起一把伞，走入那原野深处，可惜的是，青春早已逝去，再也不会有人陪同，再也不会有人与他弹琴唱歌，再也不会有一个女孩轻柔地送上自己的吻。

《挪威的森林》是一曲青春的祭歌，不论是渡边、绿子还是死去的直子和木月，他们都在青春中找到了自己的所爱，他们痛彻心扉地爱着，也茫然不顾地失去所爱。最终，他们站在青春的边缘，看着自己的青春在风中摇曳，而他们自己默不作声。

卡佛的一首诗这样写道：

这一生你得到了
你想要的吗，即使这样?
我得到了。
那你想要什么?
叫我自己亲爱的，感觉自己
在这个世上被爱。

他们再也回不去青春，也不敢再像那样爱，也不敢再像那样恨，在青春的那个世界，他们流下太多的眼泪，做了太多颓败的事情。而在现实的世界中，对于他们来说，活着，他们必须考虑的事只能是如何活下去。

东京·街·森林

村上春树说："如果你不知道你喜欢什么，那么你真的就迷失了。"

村上春树说："我喜欢阅读、听音乐，我还爱猫。即使我还是个小孩子，我也很高兴，因为我知道自己的所爱。直到现在我都没变过，这三样东西就是我的所爱，我的信心。"

村上春树还说："说句老实话，我写了将近三十年的小说，始终是率性随心地做着喜欢的事情，几乎从不认为自己对什么东西做出过贡献。而且我以为对一位作家来说，最宝贵的奖项或勋章就是有热情的读者存在，而非任何别的东西。”

人是很容易迷失的动物，迷失似乎是人类的本能，他们就像失去了导航的无人机，在一片白茫茫的云层之上打转，找不到归航的方向和路线，也无法返回到起航的地点和方位。就这样一直在无氧的高空飘荡，直到耗尽了油力，最终摇摇欲坠，结束这一生。

欲望一直都是迷失的根源，因为各种各样的欲望，令人们在世界的森林中迷失得越来越深。他们无法走出这片广袤的森林，他们忘记了自己最初想要走的道路，他们以为自己拥有了整个森林，其实连一棵小树都不曾拥有。

村上春树是一个随心所欲的作家，他从不遮掩自己的企图和欲望，也从不干涉自己内心最真实的情感从笔尖流淌而出。同许多作家一样，村上春树是一个勤奋的人，他常常埋头写作，忘记了时间，但同许多作家有所不同的是，村上春树是一个对生命、对自己有所期待、有所要求的人，他也会偶尔迷茫，但从不会迷失，对于村上春树来说，自己想要的就是简单的人生、简单的愿望，对其他的诱惑并不感兴趣。

“每个人都可以去世界上任何地方，可是在六十年代这几

欲望一直都是迷失的根源，因为各种各样的欲望，令人们在世界的森林中迷失得越来越深。

乎是不可能的，所以我就靠阅读和听音乐的方式旅行，那是一种梦幻一般的心理状态。”村上春树一直走在他希望自己走的那条街上，那是从他心里延伸向世界的街道，这条街道上有着他渴望的生活，他从来就是一个不想有羁绊的人，渴望逃离社会、规则、组织、团队，希望能过一个人的生活，一个人的理想。

“走在街上，偶尔会被一种说不出来的恐怖所捕捉。街道好像森林一样。而且是巨大的森林——森林吃着森林自己，透过这种吞食自己的行为，又制造出新的森林的那种巨大的森林。这所有的秘密，好像都隐藏在我们目力难及的黑暗里。在静悄悄关闭着的、雨淋旧的门板后面，在生了锈的管道出入口的盖子下面，在地下铁黑暗的深处，很可能就沉睡在那里。而且在那更深的地方，宿命的巨根正一面发出汹涌的声音，一面刺穿黑暗的土块。”（《下午最后的草坪》，赖明珠译，发表于《日本文学》）

关于宿命，我们总是一无所知。我们不断追求，又不断失去，在《国境以南，太阳以西》中，村上春树以苍凉的口吻写道：“活法林林总总，死法种种样样，都没什么大不了的。剩下来的唯独沙漠。”

我们可以用自己的肉眼看到的、用自己的身体感知到的大部分东西，都不再是这些东西原本的样子，我们以为我们得到了，其实在我们触摸到的那一瞬间，我们就已经失去了。在阳光和风雨的磨砺下，这些被我们摸到、看到的都不过是在很早以前就已经丧失了意义的疮疤的结痂吧。

即便我们知道自己无法得到，但我们仍旧孜孜不倦地在街道上前行，我们听着自己的脚步声渐渐低沉，但人生不就是这样向前行进吗？在文章《街的幻影》中，村上春树这样写道："走在街上，听自己的脚步声、看商店的橱窗、吸进季节的空气……悄悄拿起咖啡杯。一切的一切都好像回到记忆里反复着似的……我们在日常隐秘的表面下，看着整座城市清冷的面庞。"

在文章《街的幻影》中，村上春树怅然若失地描述了自己的失落。在东京的时候，村上春树渐渐感受到了迷失感袭来的危机，他知道这是每个成年人必须经历的过程，正如他在小说中写的那些人，看不清生活的前方，也不知道自己到底想要什么，或者是已经拥有了别人都在努力想要拥有的生活，内心的世界便开始疯狂地荒芜长草了。

于是，村上春树选择了旅居国外，他走出了东京这片森林，前往更宽广的世界。他在世界各地游走，从狭长的日本国度走出来，村上春树看过了更多的街道，走入了更多的风景，但他始终记得自己要做并且想做的事情。

在伦敦的那一个月里，他几乎是度过了不可思议的一个月，他独自写小说，差不多没有和任何人说过一句话，只是沉浸在自己的小说世界中。在希腊、罗马、土耳其……他独自旅行、跑步、写作和阅读。在自己精神世界的那片森林里吸收养分，在现实生活的森林中径直前行。

我们总是想和生活讨价还价，想要夺回生活中我们没有的那些机会，也会想懈怠偷懒，在生存的罅隙中喘息。但是这浮浮沉沉的命运，如果真的想要把握在自己的手里，又怎么能够放松呢？喜欢的事情就去做，选择的人生就要坚持，对自己真正需要的东西一定要明晰，这才能保证不在欲望的都市森林中迷失。

在《奇鸟行状录》中，村上春树写下了一段关于猫的对话。当女主人公谈到自己无法喂养自己喜爱的猫咪时，男主人公鼓励她，告诉她每个人都有权利选择自己的人生，如果想要养猫，那就养猫，选择一个养猫的人生，这是自己的权利，与他人无关，只有真正明白自己需求什么，并且完成需求时，人生才会变得真实起来。

人生会走过许多的路，经过许多的风景，有些路走过一次之后就再不会经过，有些风景还没留意就已经错过。但这就是人生的遗憾，那些街道、那些城市，虽然后来我们一再地想要回去，但回身从记忆的博物馆里找到相应的点滴怎么能是那么容易呢？

村上春树在《村上朝日堂》的《搬家》一文中写道："我是在一九六八年进大学的，首先住进目白的学生宿舍。这宿舍在椿山庄的邻近，现在还存在，所以如果经过目白通的时候，不妨瞄一眼看看。虽然一直很想瞄一眼看看。不过这么多年来，一次也没有经过过目白通。既不是早稻田大学的学生，又从来没有机会到四季饭店集团的椿山庄住，平常有什么理由会经过目白通呢？"

关于那些年错过的过去，在我们当初经历它们的时候，曾经如何地雀跃，如何地欢欣，而在旅途的过程中，已经开始为新的风景前行，就好像村上春树错过了目白通，之后虽然心里还惦念，却再也没有什么理由重回那里，他的人生中，还有新的风景要去寻找。如果我们总是为了失去的或者本不属于我们的东西而懊恼，那么，我们就只能在不断的迷失中，找不到自己。

美食，自我之旅

我要坐在有阳光的地方，
像猫舔奶碗那样一字不漏地把报纸上下看遍左右看遍，
然后把世人在阳光下开展的各种生之片段吸入体内，
滋润每一个细胞。

——《世界尽头与冷酷仙境》（林少华译，上海译文出版社）

通往食道的味蕾旅行

爱情，在村上春树笔下总是虚幻和枉然。千山万水，男女主人公总能跋涉而行，在人海中不期而遇；但千山万水，男女主人公总是无法携手到底，某个山清水秀的岔路口，他们总不能选择同一个方向。

《挪威的森林》中，在绿子家的阳台上，绿子对渡边讲了自己心目中的真爱是什么样子：“打个比方说吧，我跟你说我想吃草莓蛋糕，你就立刻丢下手边的一切，跑去给我买，接着气喘吁吁地把蛋糕递给我，然后我说‘我现在不想要了’，于是，你二话不说就把蛋糕丢出窗外，这就是我要的真爱。”（《挪威

的森林》，林少华译，上海译文出版社）

渡边当时并不明白绿子为什么会用蛋糕来比喻爱情，他不明白食物与真爱之间有什么必然的联系，绿子似乎也没有想要解释清楚，只是说给自己听那般，向往的神情中有着渡边不清楚的少女心事。“我希望对方答道：‘知道了，都是我的错，我真是头没脑子的蠢驴，我再去给你买别的，你想要什么？巧克力慕斯还是芝士蛋糕？’”（《挪威的森林》，林少华译，上海译文出版社）

这并不是无理取闹，而是爱情，当蛋糕的香甜融化在食道中，就是爱情的味道进入了身体里。“我最喜欢的就是在一个寒冷的冬日清晨，我还没起床的时候，就闻到了厨房里飘出来的咖啡味道，还有刺激食道的火腿煎蛋的味道，耳边还能听到切面包的声音，这声音、这味道让我立刻起床，这就是我喜欢的。”（《舞！舞！舞！》，林少华译，上海译文出版社）在《舞！舞！舞！》中，爱情和幸福就这样被具象化地描写了出来，食物的味道，仿佛真的能让人在咀嚼中，咬到什么是爱。

村上春树写下过许多将人心掩埋在黑暗中的词句，读着那些仿佛来自深海，让人无法呼吸的句子，周遭的地面好像都要凹陷了似的。但在村上春树的文章中，同时也存在着许多温柔、甜腻的小礼物，那就是他赋予了主人公做料理的高超技能。在村上春树的小说中，总会出现许多做菜的细节，不论主人公当时的心情是愉快还是悲凉，不论当时的主人公身处何种境地，他们都会一丝不苟地为自己或者为爱的人做一餐料理。

这些不同的料理，材料并不复杂，工序也很简单，但看着村上春树的文字，总能从中感受到平底锅中的油在火上慢慢冒出香味，如同站立在冬日有阳光的地方，周身浸泡在温暖之中。在村上春树的小说中，主人公常常会认真到近乎病态地准备食物，不论他们对世界有多么不满，他们在食物上从来不会马虎。

在《1973年的弹子球》中，“我”是一个一心要寻求青春印记的年轻人，“我”与一对双胞胎女孩同住，“我”从来搞不清楚双胞胎女孩谁是谁，但这并不影响“我”与她们分享美食，一起生活。“周日我们花一小时走到植物园，在柞树林里吃香菇菠菜三明治。黑尾巴野乌在树梢上很响亮地叫个不停。”（《1973年的弹子球》，林少华译，上海译文出版社）

在生活中，美味的食物能够给人些许的安慰；在村上春树的小说中，主人公们在吃料理时，也时常会思考人生。《1973年的弹子球》中，“我”一边吃着意大利面，一边与人讨论打弹子球的意义。“我”认为自己什么也没有，也无所谓失去，“我”努力相信世界上有不会失去的东西，在食物滑向食道的过程中，“我”咂摸着面条的味道，也思考着自己的人生。“意面多煮了两分钟，又没用罗勒调味，而用切细的紫苏撒在上面，但味道不坏。”（《1973年的弹子球》，林少华译，上海译文出版社）人生大概也是如此，虽然有的时候调味品不是自己习惯用的，但换一种新的调味品尝试，也许是不错的感受。

在鼠决定离开城市之前，他前往酒吧和酒吧老板杰喝可乐、喝啤酒，碳酸饮料被一口一口地送进胃里，鼠终于说出自己心中的感慨：“人都是要腐烂的，烂法许许多多，其实都无所谓了，总之是要腐烂的。不过人还是要不断变化的。至于这变化有什么意义，我始终揣度不出。”（《1973年的弹子球》，林少华译，上海译文出版社）

在村上春树的小说中，鼠的出现是有连贯性的，他总是以一副思考者的姿态出现在酒吧。有鼠出现的场景，总是有啤酒和可乐，还有对于爱情和现实的反思，鼠就像是村上春树在小说中的另一个自己，总是不停地追寻着自己想要寻找的意义。“任何进步、任何变化终归都不过是崩毁的过程罢了，所以对那些兴高采烈朝‘无’奔跑的家伙，我是半点好感都没有的，没办法有，包括对这个城市。”（《1973年的弹子球》，林少华译，上海译文出版社）

鼠在临别前，在他出场的地方做着最后的告别，他要告别这座城市，告别这座城市无聊的情绪，还有过去的人生。

在《舞！舞！舞！》中，那个三十四岁的男人虽然是生活的失败者，但他从不会以失败者的颓废样子生活，依然精细地为自己准备食物。在看他做料理的过程中，不由得会心里生出一种也进入厨房为自己下一碗面的冲动。

他会在厨房里细细切几棵芹菜，拌上蛋黄酱，边嚼边喝啤酒，然后琢磨晚饭吃点什么。“细面条不错，粗点切两头大蒜放入，用橄榄油一炒。可以先把平底锅倾斜一下，使油集中一处，用文火慢慢来炒。然后将红辣椒整个扔进去，同大蒜一起炒，在苦味尚未出来时将大蒜和辣椒取出。这取出的火候颇难掌握。再把火腿切成片放进里边炒，要炒得脆生生的才行。之后把已经煮好的细面条倒入，大致搅拌一下，撒上一层切得细细的香菜。最后再另做一个清淡爽口的西红柿奶酪色拉。不错，不错！”（《舞！舞！舞！》，林少华译，上海译文出版社）

在男人做晚餐的过程中，他的电话响了，他一边与现实世界保持联系，一边在自己的美食世界中安之若素。放下电话，男人走进厨房。“这工夫，有电话打来，是雪的。雪问我在干什么，我说在厨房嚼着芹菜喝啤酒。她说那太惨了，我说

也没什么惨的。更惨的事多着呢，只不过你不知道罢了 。”（《舞！舞！舞！》，林少华译，上海译文出版社）

生活就是这样，世界毕竟广大而复杂，会发生许多自己意料之外并且应付不来的事情。但我们并不能因此而意志消沉，生活还要继续下去，不论你选择了哪一种生活态度，每一餐饭也要好好准备，因为在做菜的过程中，你会从中窥到一直想要看破的人生的真相。

男人与五反田和妓女共度一夜的几天之后，早上去纪伊国屋商场买已经收拾妥当的青菜，还买了一打罐装啤酒和三瓶葡萄酒，买咖啡豆，买用来做三明治的熏鲑鱼，买豆酱和豆腐。回到家里后，听到雪给自己打过电话，雪让男人在家等着，她会再次打来电话的。男人便安心在家里待着。

他去厨房煮了一杯又浓又热的咖啡，坐在床沿一边喝一边翻阅新出版的埃德·麦克贝恩的系列推理小说，等着雪的电话。雪打来电话，两个人寒暄时，男人称自己正准备做午饭，雪好奇地问做了什么午饭时，男人便讲起了他的准备过程。

“正准备做午饭。把早已调配妥当的脆生生的莴苣和熏鲑鱼切得像剃刀刃一样薄，再加冷水浸过的洋葱和芥末做三明治来吃。纪国屋的黄油很适合用来做这东西。弄得好，说不定可

生活就是这样，世界毕竟广大而复杂，会发生许多自己意料之外并且应付不来的事情。但我们并不能因此而意志消沉，生活还要继续下去。

以赶上神户三明治熟食店里的熏鲑鱼三明治的味道。也有时候弄糟。但凡事只要树立目标并加以不屈不挠的努力，总会取得成功。”（《舞！舞！舞！》，林少华译，上海译文出版社）

虽然只是在简单地通着电话，男人却滔滔不绝，事无巨细地为雪讲起了做三明治的过程，这样冒傻气的做法自然令雪感到可笑，雪轻轻说了两个字：“傻气。”的确如此，一顿午餐的准备竟然会说出这样一箩筐的话来，而且还会在后面加上一句类似于打鸡血似的人生格言，真的是有些傻气，却也令人感动。生命之所以美好，是因为人们留意到了生活中的每个细节微光，这些微光点点，串联起来就是幸福的歌声。

男人虽然看似是在不幸福中挣扎，但细细品读村上春树为男人设置的情节，也不难发现，在男人的过去梦境和现实生活中，并不全是由虚无和痛苦迷茫组成，男人也体验过爱与被爱，也与幸福撞过肩。

在村上春树的笔下，对料理的精细描写就像是一场魔术，能够令人从瞬间的沮丧中逃脱出来，仿佛置身于干净、雅致的餐桌前，看着餐盘里摆放的美好食物，心里就忍不住开出一朵摇摆的花来。慢慢拿起餐刀，将那些意大利面、各种三明治还有关西式的清淡美食一一送入口中，它们独有的气味，将会带你进行一场独有的味蕾旅行。

啤酒、可乐及午夜小城

酒精是青春的催化剂，是所有青年叛逆的里程碑，是点燃命运的助燃剂，只有酒精能够引领被命运抛到大海上的青年乘风破浪，驶过绝望的黑色波涛，抵达彼岸，完成他们最终的成人礼，从此卸下不羁的眼神，换上一副老成稳重的外套，由此开始漫漫的人生路途。在《且听风吟》中，“我”和挚友鼠的多次见面，总是有酒精相伴，鼠是一个对生活没什么追求的年轻人，却一心想写小说，村上春树似乎将自己真实的性格放在了虚拟的鼠的内心，让这个虚构的人物完成自己直达生存本质的任务。

“我”和鼠生活在一座很小的城市里，常常会因为没有事情做、没有地方去而泡在爵士酒吧里喝啤酒。日本有许多这样的小酒吧，散布在街头巷尾明显或者隐蔽的位置，推开酒吧门走进去，里面坐着许多像鼠这样的年轻人，飞扬的眉眼处带着淡淡的困倦，额前的头发遮住了眉头，面前放着一杯啤酒，在打完游戏之后，会回到桌前大口地喝上一杯，嘴角的啤酒沫能够证实，年轻的气息就是这般浓烈。

宿醉是“我”和鼠常有的状态，就像村上春树在小说中写的那样：“我们是在时间之中彷徨，从宇宙诞生直到死亡的时间里。所以我们无所谓生也无所谓死，只是风。”（《且听风吟》，林少华译，上海译文出版社）在这个“我”出生、成长的城市，大多数的建筑和人在“我”看来都是灰扑扑的，毫无生气、毫无乐趣地存在的。“我”在读大学之前的十八年，在这座小城市里厮混度日，每天和鼠这样的朋友喝啤酒、听音乐。

在“我”小小的年纪里，早已藏着一股老气横秋的气味，没有什么事情是自己想做的，也没有什么人是自己值得珍视的，就连那些同“我”睡觉的女孩，在时过境迁之后，“我”竟连她们的样子都记不太清了。时光和爱情在这座小城里如同真空，一直期盼着能够走出小城，获得另外一种人生体验的“我”，终于在上大学之后如愿以偿地离开了这里，前往东京，开始了新生活，但是寒假和暑假“我”依然不得不回到这里，回到这座“我”出生、成长，并且第一次和女孩睡觉的地方，回到这座既十分熟悉又有着巨大隔膜的城市。

这座小城市临海，有着庞大的港口，后面依山。城市小到开快车的话，一根烟还没抽完，就可以从市区驶出去，人口不多，乐趣不多。

这样的城市像极了我们很多人的故乡，无趣、呆板、静谧、安稳。虽然一直想要离开，但每次回去还是会觉得迅速地找到了归属感。然而待不了几天，心里又会萌生出厌烦，想要离开。离开再回来，回来又远走。

在离开之后再次回来，“我”大多的日子都是和鼠一起喝啤酒来打发。鼠是“我”的高中同学，我们之所以能够成为朋友，是因为在一次上厕所时，鼠突然拿给“我”一张夸张的女人裸体照，随后邀请“我”前去他家里，因为在他家里还有许多类似这样的照片，就这样，“我”与鼠的友谊奠定了。在青春期悸动的肾上腺素的催使下，“我”和鼠一起在他的卧室里喝啤酒、玩耍，度过了一段非常愉快的时光。

大学之后，“我”和鼠依然会见面喝啤酒，两个电力不足的青年窝在昏暗的小酒吧里，一杯一杯喝着啤酒，谈论着喜欢的女孩和无趣的生活，更多的时候是保持沉默，以静默来对抗冗长沉闷世界的笼罩。

与“我”相比，鼠是一个生活富裕、家境优越的青年，无须为生计担忧，也不用计较金钱付出多少。鼠的生活似乎比“我”更加无聊，在灰色的世界中闲坐得更久，生活的意义这种概念对他来说如同天方夜谭，因为在他的生命中，没有什么是值得去拼命追逐的，也没有什么是能够令他眼前一亮的。

在啤酒与花生的包围中，鼠总是与“我”讨论他的小说，在鼠的小说中没有性描写，没有死亡。鼠认为这是他小说的优点，但是“我”却不认同，“本来人是要死的，也要同女的睡觉，十有八九”。

在讨论这种无聊的问题无果之后，鼠和“我”会默默听着自动唱机播放的唱片，偶尔也会点一首我们喜欢的歌曲。两个性格相近却对生活无法引发共鸣的年轻男人，在啤酒中浸泡着他们的青春。

“鼠最喜欢吃的东西是刚出锅的热蛋糕。他将几块重叠放在一个深底盘内，用小刀整齐地一分为四，然后将一瓶可口可乐浇在上面。我第一次去鼠家里，他正在暖融融的阳光下搬

在灰色的世界中闲坐得更久，生活的意义这种概念对他来说如同天方夜谭，因为在他的生命中，没有什么是值得去拼命追逐的，也没有什么是能够令他眼前一亮的。

出餐桌，往胃袋里边冲灌这种令人反胃的食物。”（《且听风吟》，林少华译，上海译文出版社）

这种合二为一的吃法是鼠的独创，“我”每每看到，都会觉得恶心，但鼠却认为将吃的和喝的结合起来，比单一地去吃蛋糕或者单一地喝可乐效果更好。在“我”和鼠喝酒、喝可乐的时光里，“我”可以暂时不去想流浪远方的念头，在小小的海滨城市中，“我”和鼠单纯地留在青春里。

但“我”和鼠又有着很大的不同，鼠与“我”对待爱情的态度各不相同。“我”不相信爱情，只是同女孩睡觉；而鼠却沉迷于爱情，并视爱情为个人的宝藏，绝口不向外人吐露半个字，任凭这份情感在自己心里发酵。关于爱情的事情，“我”总是想同鼠交流点儿什么，但没什么效果。鼠的爱情在《且听风吟》中描写得并不多，“鼠的情况非常不妙，或许由于秋日临近，也可能因为那个女孩的关系，鼠对此只字不吐”。

鼠的爱情最终也没能够在《且听风吟》中得以交代，只是以鼠离开城市作为终结，这份爱情随着鼠的离开消逝。在“我”的观察和开导下，鼠的状况并没有得以缓解，而是日益严重起来。“随着秋天的降临，鼠的心绪总是有些消沉。常常坐在餐桌旁呆愣愣地看书，我向他搭话，他也只是无精打采地应付了事。而到暮色苍茫凉风徐来四周氤氲几丝秋意的时分，鼠便一下子停止喝啤酒，而气急败坏似的大喝冰镇波本威士忌，无尽无休地往桌旁的自动唱机里投放硬币，在弹子球机前手拍脚刨，直到亮起警告红灯。”（《且听风吟》，林少华译，上海译文出版社）

种种迹象已经表明了鼠决定远离的决心，鼠所要离开的不仅仅是这座无聊的小城，更是离开自己死水一样波澜不惊的生活。在鼠即将离开的前夕，“我”和鼠在爵士酒吧见过一面，当时鼠臂肘支在桌面，正苦着脸看亨利·詹姆斯那本如电话簿一般厚的长篇小说。“我”将为鼠准备的生日礼物送给了鼠，在啤酒和炸马铃薯片的味道中，鼠和并不知情的“我”进行了一场预料之外的道别。

带着“我”送的唱片，鼠在某一天的某个时刻悄然离开，没有声张，没有留下只言片语。每个路口都会有人离开，“我”一直认为“我”是先行离开的那个人，但其实鼠才是早早远离的人。鼠从写小说那时起，就开始寻觅一种更新的生活，他的离开是迟早的事情，这也符合村上春树小说人物的一贯风格，他们不停地寻觅，必须寻觅，否则人生就无法继续下去，生命也无法延续展开。

因为感到自己缺少了某种很重要的东西，所以内心深处一直藏有深深的失落感，沉溺于当下生活越久，这种感觉就会越强烈。鼠的不辞而别、前往别处正是因为无法忍受目前的状态而做出的决定，鼠不愿意在虚无的小说世界中沉溺太久，他要为自己寻找一个真实的、可以触摸到的地点。

鼠的离开为小说画上了句号，随后不久，“我”也离开了小城，并不再频繁地回来，“我”和鼠都拒绝了庸俗的现实，走上了内心的寻觅之旅。寻觅是村上春树小说的唯一出路，只有寻觅才能解决主人公郁结在心里的难题。在这个沉闷冗长的世界里，寻觅不单单是找到人生另外一种可能性的出口，更是一种希望的寄托。

在小说的一开始，鼠和“我”就被无形的手推向了离开的边缘，“我”和鼠的人生在二十岁的那一刻就因为寻觅而再次重生了。生命到底有什么意义，这是个值得探究和深思的问题，村上春树从来都不是要给出答案的那个人，他只是抛出问题的引子，留下一个默契的眼神，仅此而已。

小说中主人公所面临的精神困境也是村上春树经历过的，所以，在他的小说中，主人公通过不停的寻觅来展现这种人生困境。他们要从自己的困境中越狱，这对他们意义重大，对村上春树来说也是如此。

罗马市场里的美食哲学

日本有许多关于美食料理的漫画，日本的许多作家也是美食爱好者。在村上春树的笔下，关于美食的描述也是不计其数，每一场美食的盛宴，都是他表达内心最本质的方式。在他的小说中，每一个主人公都是料理高手，他们做出的料理干净、简单却又能最准确无误地捕捉到味蕾。看着小说中的主人公做料理，总会让人口舌生津，唇齿不自觉地就想要碰撞，隔着文字的薄纱，好像只要稍稍用力探头，就能咬到盘中的美味。

能够在小说中营造美味的村上春树，在现实生活中也是饕饕达人。他对食物的要求并不繁复，但一定要纯粹，就像春天一定要吃到春日的味道，冬季一定要品到寒冷的气息。他外出旅游的一大乐趣就是可以品尝到世界各地的不同美食。食物本身并没有什么特别，只有在会吃的人口中，才能咀嚼出特有的精华。

在罗马旅居时，为了准备圣诞食物，村上春树和妻子提前前往市场采购，他们要去的地方是米尔维奥桥，在那里有各种新鲜的瓜果蔬菜，可以让他们尽情满足自己的味蕾。前往菜市场这样普通甚至可以说是很乏味的小事情，在村上春树笔下却有趣、生动，带着一丝童真童趣。从米尔维奥桥到弗拉米尼奥桥的这段路程，沿着河道一路走下去，可以路过许多店铺，这些店铺一家挨着一家，排列得好像上野（东京地名）“糖商小街”一带的商铺似的，在这些店铺里，各种蔬菜食物，都应有尽有，所以这里成了附近主妇大军常常光顾的地方。

在旅居欧洲时，村上春树写下的《远方的鼓声》一书中记录了关于逛市场的一段文字，热闹、有趣的景致始料不及地扑面而来。罗马市场里的景象，似乎与我们身边市场中熙攘的场景并无二致，女人们的挑挑拣拣，男人们的局促旁观，生活只有在这里才会更加鲜活、本真。面对新鲜可口的蔬食，每个人都卸下了平日的严肃伪装，化身为真诚、简单的人，只是为了

女人们的挑挑拣拣，男人们的局促旁观，生活只有在这里才会更加鲜活、本真。

美食而来。

站在各色蔬菜面前，那些日常的、熟悉的菜式便不可阻挡地涌上来，鼻尖微微用力，都能从中嗅出煎炒烹炸的香味来。走过一家家的商铺，气味绵延不绝，在挑选、比较各家商铺东西的好坏时，每个人的心中都带着饱足的幸福感。还有什么气味或者声音，能比市场上的更能召唤起记忆呢？

在市场不远处有几家价廉味美的小餐馆，对于这些餐馆所经营的菜式和招牌菜肴，村上春树都是很清楚的。他知道哪一家的蛋糕是最美味的，知道哪一家的服务员态度最为恶劣，也知道哪一家的烤肉能够烤出滋味。热闹的市场附近一定会有许多美味的小食店，不仅罗马是这样，日本也是这样，看来不管是欧洲人还是亚洲人，人们对于生活最简单的期许并没有什么大的不同，每一个人都希望能够用美食填补生活中的遗憾。

同许多日本人的饮食习惯一样，村上春树也是爱吃鱼的，他同妻子来到市场之后，便先去鱼铺买了大马哈鱼。这样一条进口的大马哈鱼虽然不便宜，却能够让村上春树物尽其用，既可以做汤品，也可以做寿司，还可以盐烤。卖鱼肉的是一对年迈的老夫妻，老伯看起来性格古怪，打扮得就像日本推理小说中寡言的目击证人，而老婆婆则健康欢乐，总是跑来跑去为客人介绍品种。这样的两个人经营的鱼铺，就算进去什么也不买，只是和他们聊聊天，也会觉得很愉快吧。

拎着鱼肉走出鱼铺，村上春树接着买了许多青菜，随着手上采购的食物越多，他就越心满意足，在忙碌的生活中，还有什么比即将吃到一顿自己亲手做的美味大餐更让人激动的事情呢？之所以会在不同的小说中如此细致地描绘料理的做法、料理的味道，大概是因为村上春树明白，在食物的制作过程中，人生中一些不得解的问题统统迎刃而解了。

写了那么多的没有结局的故事，村上春树的小说总给人营造一种迷茫、走不到尽头的绝望之感，但如果细细品读，可以发现村上春树早就在小说中给出了答案，只是我们从来没有发觉而已。往往如此，我们一直寻找的答案并不在结果中，而是在过程里，只是我们过于看重结果，看轻了过程。就如同做美食一样，每个人都希望能够做出与大厨手艺相媲美的菜肴，会因为盛到盘子里的菜肴不尽如人意而心里不快。其实大可不必如此，当你从市场选购原料的那一刻开始，你人生的这道菜就已经开始在做了，从头到尾的经过是你应当看重的，而非最后的成品。

我们每一个人都会做几道拿手的好菜，但也会偶尔失误，做出难以下咽的"败笔"，不论佳肴还是"残次品"，它们都是我们用心烹制的结果。就像村上春树笔下的烹调过程，坚持简单操作、尊重食物原始的味道，当他从市场拎回食材后，就在厨房和妻子一起，迫不及待地开始准备饭菜。

"我揪下蘑菇脑袋煮，老婆用尖头菜刀（这是从日本带来的）剖开大马哈鱼，肥度适中的绝好部位出来了，马上蘸酱油和芥末站在厨房里吃了起来。大口小口吃这东西的时间里，不由得想吃米饭，正好有昨天剩的冷饭，便就着这生鱼片和梅干一扫而光。那么尝尝鱿鱼如何，于是鱿鱼也切片吃了。这鱿鱼滑润润的，十分可口。刚煮好的扁豆也当咸菜'嘎嘣嘎嘣'吞了下去，速食大酱汤也做了……如此这般，站在厨房里就简单解决了午饭。这么吃相当够味儿。"（《远方的鼓声》，林少华译，上海译文出版社）

鲜滑的口感似乎通过文字就能在唇齿间感受到，有的时候，不用一味地去追求繁复和高级，简单和原始的风味往往更出乎意料地可口。从罗马市场买回来的食物，经过简单的烹调，在最恰当的时机放入嘴里轻轻一咬，爽脆的声音直击心里，比得过那些工序复杂、制作烦琐的大餐。

任何食物，只要品出它的原味，就是最佳的口感。在欧洲时，村上春树还经常去托斯卡纳买葡萄酒，因为当地直销的葡萄酒总是葡萄酒里原味最佳的，那些酒在葡萄园里酿制，带着土地的芬芳和葡萄的酸甜，散发着天然的味道，就是最巧的匠人也难以复制。村上春树的美食哲学就是这样简单。

人生也是如此，在念大学的时候，在大学毕业后开始为生计奔波的时候，村上春树根本没有想到会以写文章为职业。世界上优秀的作家太多了，他并不认为自己就能够比他们更优秀，但最终他还是成了小说家，连续写了二十多年的小说，并且仍在继续创作，这样不可思议却又理所应当的事情就这样发生在了村上春树的身上。村上春树这样说道："我是一个过着普通的日子的普通人，只写写东西，不想介入别的事，如能被视为是一种如西表山猫一般濒临绝灭的动物，我将深以为幸。"

在村上春树看来，写作只是自己最本真、最真实的想法，他动手去做，并坚持做好，即便无法做成饕餮大餐，也是尽自己所能做出的一道爽口沙拉，这样就足够了。在最初开始写作的时候，村上春树并没有想到有朝一日自己的书能够卖到十万本、一百万本，他觉得这是非常不可思议的。可是当他的《挪威的森林》卖到一百几十万本的时候，他得到了许多人的喜爱和支持，他并没有感到欣喜，却觉得自己好像变得非常孤独，而且觉得自己好像被大家憎恨、讨厌似的。

就好像厨师一直在做一道拿手的菜肴，可是一夕之间，这道菜被许多人品尝到，并且给予了高度评价时，这个厨师反而变得没有以前做菜那么自信了。写小说好像也是这样，村上春树每次写小说的时候，都会在心里默默念叨："我不要死，我不要死，至少在写完这篇小说之前绝对不要死。"因为一想到小说会因为自己的死亡而无法完成，便会十分不甘心，虽然不会认为自己能够写出流传后世的作品，但这毕竟是自己的心血，就像爱护自己一样，村上春树维护着自己的小说。

村上春树选择成为小说家纯属偶然，也是必然之途，世界上不论有多少种人生选择，他也只有并且只想当小说家一条道可走。这一决心就好像岩石一般不可动摇，没有任何妥协的余地。幸运的是，他真的成了一名小说家，这就好像吃到一道仰慕已久的美味佳肴一样幸福。但想要一直吃到这道美食，就不是那么容易的事情了。在人生那么长的日子里，怎么才能做到抵抗住外界压力和种种其他因素的侵蚀，一心追求自己喜欢做的事情？村上春树认为不要将事情想得太复杂了，只要在普通的日子里坚持做自己就可以了，最美的食物是最鲜美的食材做成的，最好的人生也是梦想在最及时的时候完成的。

你好，我是村上春树

不必太纠结于当下，
也不必太忧虑未来，
当你经历过一些事情的时候，
眼前的风景已经和从前不一样了。

——《1Q84》（施小炜译，南海出版公司）

那年春天，芝士形的贫穷

这样的感触相信许多人都曾经历过：知道自己尽力了，却在整个世界面前无能为力，心底会不忿地生出羞耻感，为自己，也为贫穷。贫穷是一种想要遮掩却无法躲藏的惶然状态，同样是走在太阳下，会因为贫穷而蓦然觉得自己应当找一处阴影躲起来，因为不知道稍后会有什么降临，让自己无法招架。

村上春树也贫穷过，他出生于日本一个书香门第，他的父母都是文学爱好者，耳濡目染，村上春树对文学产生了浓厚的兴趣。在村上春树六岁的时候，他的父亲就允许他去店里赊账买书。在他十五岁的时候，全家一起搬到了神户，神户是一个西化的大都市，村上春树在那里买到了更多更好的书。

但是因为过于沉迷于文学世界，村上春树在十八岁考大学时，不幸落榜了。意志消沉了一段时间后，在父母的鼓励下，第二年重整旗鼓的村上春树才考上了早稻田大学。年轻时候的村上春树经济状况很不好，为了读小说，他自己在大学校外租了一间破旧的房间，就是为了能够安安静静地读书。

上大学期间，村上春树每天过着从图书馆到出租屋的清苦生活，他没有朋友，也不想回家，只是与书为伴。但村上春树从来没有在文字中抱怨过清贫的生活，他明白生活中什么是最重要的，什么是自己想要的。

村上春树结婚后，因为没钱，他和妻子租不起环境好的公寓，只得四处寻觅廉价的房屋。对于当时几乎走入死胡同的经济状况，村上春树只是轻描淡写地开玩笑道："不是我们自豪，实在是穷得可以登在'健力士纪录'上也不奇怪的。"

当时还没有什么经济收入的村上春树无法为家庭做出经济贡献，只能靠妻子微薄的收入糊口。在偌大的城市里，他和妻子两个人就像是漂泊在异乡的旅人，四处寻觅能够遮蔽风雨的驿站。他们当时所要找的不是一个家，而是一个落脚处，一处让他们能够不至于深夜暴露于寒风中的瓦房。

发现了这处便宜的房子，村上春树的心情不亚于捡到了宝贝。当他联系到了那房子的房产中介时，中介自然是极力推荐那处房子的优点，但也不得不老实承认，那处房子周围的环境相当吵。在村上春树要求中介带他去看看房子时，那位已经秃顶的中介只是将钥匙扔给他，并给他画了一幅简易的地图，就让他自己前往看房。

面对如此省力的房屋中介，村上春树并不恼怒，而是觉得这份职业也太过轻松了，只须将房屋钥匙交给承租人即可，每月的薪水实在好拿到手。拿上钥匙后，村上春树和妻子跋涉了好久才找到了房屋中介口中那处便宜得如同捡到宝的房子。村上春树称那处房子为“三角地带”。

在文章《芝士蛋糕形的我的贫穷》中，村上春树形容过他这所“三角地带”，在这所房子的两边，有两条铁路穿过，一边是国铁线，一边是私铁线。这两条铁路就像一个包围圈，将这所单薄的小房子裹挟在中央，每当列车经过时，站在房子中央，就好像站在茫茫大海上的一艘轮船上似的，风雨飘摇。

初看起来，这简陋的居所被村上春树写出了一种豪迈之感，但在这里并非过分描述，也不心灰意冷。他笔下这所仿佛置于世界尽头的居所，从住的舒适感和居家性来看的话，确实糟糕得一塌糊涂。先不说环境乱七八糟，十分不安全，单是噪声的骚扰就让人不胜其扰了，因为这座房子正好被两条铁路紧紧夹在中间，打开大门电车就从眼前奔过，打开后窗又是另一种电车从跟前冲过。村上春树认真地解释道："这里所提到的'眼前'其实一点都不算夸张的描写，事实上当电车驶来的时候，真的可以近到在房子里就可以和电车上的乘客四目相对，点头打招呼。"（《芝士蛋糕形的我的贫穷》，林少华译，上海译文出版社）

一心想要成为作家，想要写出精彩文字的人，是如何在这样的房子里度过青春最初的几年时光的，村上春树并没有过多地描写，不过在他日后的一些文字中，可以看出村上春树对于生活的释然和理解。在《1084》中，村上春树认为所谓人生，不过就是一个不断丧失的过程，对于人生中我们曾经以为很珍贵、视若珍宝的东西，都会一个接一个地从我们的手中滑落，我们无法抓住，也无法找回，就连想要找个替代的东西都无法办到，这样的事实真是让人苦不堪言。既然人生就是这样一个不断失去的过程，那么就不必太过在意过程。村上春树跋涉在旅程之中，他欣然接住命运抛给他的阻碍，也坦然面对生命赠予他的礼物。在贫穷的日子里，他并不会因为贫寒的生活而焦躁，他知道终有一天，他会站在日光满满的春日下回头，怀念这段充满列车呼啸而过的岁月。

“我跟她走进孤零零盖在‘三角地带’尖端的房子，在那里面迷迷糊糊耗了一个钟头。在那之间无数辆电车通过房子两侧。特别快车一通过，玻璃窗就哗啦哗啦响。电车正在通过的时候，彼此听不见对方的讲话声。如果话说到一半电车来了，我们只好闭上嘴巴等电车完全通过。等安静下来，我们才开始说话，下一班电车又来了。因此我们这种沟通意见的切断或分裂，像极了尚鲁克·高达（Jean - Luc Godard）的电影风格。”（施小炜译，南海出版公司）虽然噪声很大，但毕竟价钱低廉，所以村上春树并没有放弃这个“三角地带”，当他站到房子里的时候，明白了为什么房屋中介不愿意来，站在房子里面，时间似乎都被屋外的各种噪声切割得七零八落了。房子的陈设很破旧，在这样的房子里不要说生活，只是待一会儿，也恨不得立刻破门而出再也不回来。在房子里打量了一番之后，村上春树还是决定租下这里，毕竟租金是他可以承受的，而且有妻子陪着他，这里就可以称之为他的家了。

当村上春树告诉房屋中介他要租下这所房子时，那位中年人摘下眼镜打量着他，似乎在说这样的房子也要住，可真是贫穷啊。但村上春树并没有介意这样的目光，他想城市这么大，自己能够有一处安身之所，心里也就不会那么慌了。毕竟是一门买卖做成了，如同安慰似的，那位中介说道："你们还年轻嘛！"

村上春树和妻子简单收拾了行李，就搬进了新家，开始了他们新的生活。在四面漏风的屋墙之内，夏天的日子还算好过，但一到冬天就十分难挨，寒风好像能钻进骨头里似的肆虐在屋子中的每一个角落，所以，无处可躲的村上春树和妻子只能早早地钻进被窝里躲避寒气。村上春树将之称为"名副其实的拥抱着睡觉"。

贫穷，在那间芝士蛋糕形的屋子里一览无遗，两个孤零零的年轻人蜷缩相拥在单薄的床褥间，鼻翼尖是冷冷的冰凉，心里却是温和的暖意。在一无所有的岁月里，有生活、有爱情、有彼此，这难道不是最好的现世吗？而且，除了噪声之外，家的气氛本身却相当不错。那所老旧的房子虽然结构颓败，外观也不起眼，四处看起来都需要整修，但这所房子的客厅不但有花台，窗外还有一处小小的走廊。当阳光从窗口照射进来，榻榻米上会呈现出一片四方形的光晕，让村上春树想到了自己小时候住过的房子，内心不禁因为过去的时光而柔软起来。

在一无所有的岁月里，有生活、有爱情、有彼此，这难道不是最好的现世吗？

就这样在局促、狭小的房子里，村上春树开始了写作的第一步，他一次又一次面对纸笔，面对空荡的墙壁和遥远的天空，随时准备在写作之旅上起程。

因为没有外出工作，所以准备三餐的任务便落在了村上春树的身上，他在没有冰箱的厨房里做一些实惠而且不贵的料理：白萝卜酱汤、白萝卜炖菜和小沙丁鱼泥。当村上春树精心准备好晚餐时，便开始伏案写作，一边构思自己的小说，一边等待辛苦一天的妻子回来，二人一起享用晚餐。

在那段等待与独处的日子里，村上春树笨拙地生活着，用他所会不多的生活技能，认真地经营着自己的人生。在寒冬里，厨房水管被冻得无法出水的时候，耐心等待着春日的来临。贫穷并没有让他感到不安，而是让他在流离的道路上，心里更多了一些安稳。他常常在窗口端详外面的城市，城市时而干净、优雅，时而冷漠、暴戾，不论是什么样子，对村上春树来说都是一道风景。

村上春树将生活过得简单到了极致，因为他还年轻，生活才刚刚开始，他的心在贫穷的小屋中慢慢变得稳定、坚强。在那个小屋里，他和妻子住了两年，他们熬过了冬天的寒冷，在春天的暖阳下依偎在一起。在那两年里，他们就像两株原野上向阳而生的植物，努力向上生长，拼命向下扎根，饱足自满。

“到今天我一听到‘贫穷’两个字，就会想起那三角形细长的土地。现在那房子里，不知道住着什么样的人？”村上春树曾在《旋涡猫的找法》书里这么回忆，“一直到现在，一想到彼得时，我就会想到自己又年轻又贫穷，不知道什么叫作可怕也不知道以后到底要做什么才好的时代。想起当时遇到的许多男男女女的事情。想到他们现在不知道都怎么样了。其中的一个现在还是我太太，正在那边大声嚷嚷着：‘嘿，柜子的抽屉打开以后要好好关起来呀，真是的！’”（《旋涡猫的找法》，林少华译，上海译文出版社）

多年之后，早已远离贫穷，人生获得更大自由的村上春树在想起那两年的日子时，还是会感激那几年如白纸一样的时光，因为什么也没有，所以才会在后来拥有了更多。

如今已经回不到在那个被噪声裹挟的房屋里生活的过去时代了，如果未来的生活注定是更好的，那么，过去的贫穷与困顿都将被封印在记忆深处。无尽的长路漫漫，不知道还有什么在等待着我们，但经历过的一切却是我们的基石，是我们勇敢的依靠，是我们磊落大方生活的回响。

很久以前为国分寺爵士酒吧写的广告词

因为看了村上春树的小说和文章，许多前往日本的旅人总会在街头不由自主地寻找村上春树留在小说中的痕迹。国分寺、爵士酒吧、行驶而过的电车以及苍白消瘦的少女，或者带着哥特气质的青年。

这些书中的信息，就好像一个个坐标，散落在日本的各处，等待着人们寻找和发现。这些信息就好像一颗颗火种，不论过了多久，都燃烧在读者的心中，照亮他们、点燃他们，让他们对村上春树营造的那个世界无比好奇，一定要深入其中才行。

他们爱着村上春树笔下那精彩的世界，也被其中的痛苦和绝望刺痛。在东京街头随意地逛着，看着街边的店铺，猜测里面会不会走出绿子或者岛本这样的女孩，让我们瞬间被带入村上春树的小说世界里。在东京寻找村上春树的世界，想要看看那里有没有因为恋爱而每天发呆的渡边，有没有鼠总是泡在里面的爵士酒吧，有没有《1Q84》里的新潮酒吧和古老饭店……

跟随着村上春树的眼睛，在东京与小说中的情节相遇，从国分寺车站南口往东面缓步前行一两分钟，就可以看到村上春树当年开的名为“彼得猫”的爵士酒吧所在的地方，虽然现在已经是空荡荡的了，但走到那里，仿佛就能看到七十年代每天在店里忙着做咖啡、读书的村上春树。

《夜半蜘蛛猴》里，有一篇名为《很久以前为国分寺爵士酒吧写的广告词》的短小文章，就是村上春树那个时候写的。他那时候经营爵士酒吧，生意并不算太好，村上春树本人也不善言辞，不是灵活巧舌的生意人材料，只要有时间，他就会躲在柜台后面读自己喜欢的书。那时候时光很清闲，客人也很少，村上春树有大把大把的时间生活、思考。之所以会选择开一间爵士酒吧，和村上春树从小喜爱爵士音乐不无关系。在《爵士群像》一书中，他就写到过自己读大学的时候，曾经在水道桥一家叫作“SWING”的爵士茶店里打工。时间大概是二十世纪七十年代，那家店里专门放传统的爵士音乐，是一家十分特别的、有味道的店。

在这家店工作期间，村上春树从什么也不懂，到最后开始对古老的爵士乐感兴趣，那些音乐一瞬间就捕捉住了他的心，让他从此无法自拔。

村上春树喜爱爵士音乐并一生对爵士乐热爱就是在这里埋下的种子，在这间店工作的时候，大概也让村上春树萌生了日后自己开一家类似的爵士酒吧的念头。但开店后，村上春树的心思并没有完全放在挣钱赢利上，金钱只是他维持生活的一种手段，在村上春树看来，生活远比生存更重要。刚开始经营这家爵士酒吧的时候，因为客人不多，村上春树还写了一则广告，大概想吸引一些人来。

在这则广告中，村上春树罗列了许多缺点在先，比如，冷气设备不是很奏效，如果夏天来到店里的话，坐在离冷气机远一点的地方，可能就会感到有些热，虽然冷气机不灵，但他却并不想更换新的。比如，这家店播放的音乐都是爵士乐，对于不是爵士迷的顾客来说，音量会没办法接受，但他也不想为此而改变，因为这个世界上，并不是谁都能够满足所有人的需求的。

这样一则算不上广告的广告可以看出几分村上春树的性格，这样的爵士酒吧自然是吸引不到什么客人的，但对于村上春树来说，大概也是无所谓的事情。过着自由而且不受拘束的生活才是他的目的，在酒吧里听着音乐看书，远比让他整日忙碌着招呼上门的客人要有趣、享受得多。

在村上春树发出的这则广告中，他不时地会提到音乐，提到他喜爱的视为生命源泉的音乐。“每周有一次现场表演。年轻的音乐家们，为了很少的钱而拼命演奏。钢琴是便宜的掀盖型，音调也有些狂乱。演奏的质量高低不齐，但一律是很精力充沛，音量总是很大，因此若要当作人们谈话的背景音乐恐怕不合适。”（林少华译，上海译文出版社）

虽然是为自己的酒吧打广告，但村上春树似乎并没有想讨好顾客的意思。他轻描淡写地告诉大家，这是一家有着强烈乐声的店，还在广告中写到店老板是个话不太多也并不擅长说话的人，有空的时候就会坐在柜台后面读书。这样的广告颇有一些“姜太公钓鱼，愿者上钩”的意思，但这正是村上春树，他只学会和一个人相处，这个人就是他自己。他打磨着自己的人生，并不指望他的人生能够如钻石般闪耀，只希望他热爱的事物能够长久地散发着原始却平稳的气息，他爱这样的生活，也欣然接受。

这篇《很久以前为国分寺爵士酒吧写的广告词》就像是村上春树心灵的剖白书，诚挚地将他的愿望和期冀展开、释放。

在成为酒吧老板的时候，村上春树并没有想到自己会成为小说家，还会得到各种奖项，不过未来的事情谁都不知道，这并不奇怪，世事本就是很难料的。在几年之后，村上春树有一天在神宫球场外，一个人一边喝着啤酒一边看棒球比赛，突然他脑中闪过一个念头，自己为什么不能写小说呢？

有了这个念头之后，就再也按捺不住了，村上春树开始下笔创作，他的文学之路就此开始了，并且再也没有停下，越走越远。在一开始的时候，村上春树的作品并没有受到出版人的青睐，他们甚至认为村上春树的写作水平有待提高。但村上春树并没有因此而受到打击，他那时候每天都会在酒吧打烊之后，趴在酒吧厨房的桌子上写作，但毕竟受到了时间和空间的限制。村上春树认为既然决定了要写小说，就要全身心投入才是。

经过一番思考，村上春树选择关掉了自己借款开起来的酒吧，专心写作，而他最终也获得了成功，作品在国内外变得十分畅销。虽然书的销量不断提升，可质疑村上春树的声音也一直没有断过，许多评论家认为村上春树的小说质量跟不上销量，还批评他的小说不像小说，诸如此类。

对于这些情况，村上春树并没有太放在心上，他认为写作是自己的事情，也不可能讨好所有的人，只要自己认为做到了最好就可以了。村上春树一直是这样我行我素地坚持做自己，他开爵士酒吧的时候如此，写作的时候也是如此，人生对于他来说实在是太过庞大和漫长，他不会为了以后不确定的事情而否定自己眼下想要做的事情。

在国分寺经营爵士酒吧时，他只是想找一个安静读书、听音乐，完全属于自己的地方，而不是一间喧嚣嘈杂、门庭若市的挣钱的商铺。写小说之后，他只是想把自己内心最真实的想法表达出来，给愿意接纳自己内心的读者看，至于是否能满足全世界人的口味，便不在他的考虑范围之内了。

村上春树认为以后的事情目前是必然无法知晓的，既然这样，便不需要无谓地烦恼，只要考虑好眼前的事情就好了。

在街头兜兜转转开始寻找，虽然在村上春树的小说中，那些坐标已经清晰地陈列在纸上，但当我们真的想要进入他的世界时，却发现无论如何都难以找到入口。那看似明显无疑的入口在你真的快要走近它时，会在晃眼的日光下一闪不见，所以，看似随处可见的入口其实并不好进入。村上春树的世界里，远没有从外面远远看起来的那么翠绿、茂盛，里面的世界暗藏了深流、熔岩，如果你没有真正读懂村上春树，贸然前往，势必会迷失其中。

少年丹尼与加利福尼亚少女

在村上春树的小说中，音乐是必不可少的一道辅料，二十世纪六十年代的摇滚和爵士为他的小说营造了忧伤、悱恻的气氛。在不同的小说中，就会有不同的音乐，这些音乐就像是在失眠的深夜之中，在想到某个重要却又不在身边的人时，缓慢从嘴里吐出来的烟圈，烟雾腾腾而升，迷蒙了所有的思念和低潮。

不同的音乐有不同的味道，打开音响，乐声散落一地，那些早已离开我们生命的人还留在我们心底的模糊气息在此时变得清晰起来。《挪威的森林》中那首《夜雨佐治亚》哀怨动人，在听到第一个音符的瞬间，便开始相信了渡边、直子、绿子三人的爱情。所谓爱情，都是因为寂寞，在音乐声中，他们年轻的面庞忧伤且优雅，永远长不大，站在十字路口各自走远。

在之后的杂志约稿中，村上春树写到了自己写作时的内心思路："这曲《Nowhere Man》对我来说，也是一首记忆深刻的歌曲。写《挪威的森林》那部小说的终场时，我就在想这支歌。主人公孑然一身，在'哪里也不是的地方　，从那里给恋人打电话。故事到此戛然而止。虽不是电影配乐，在伏案写作那段文字时，这支曲子极其自然地就在我的耳际萦绕。当时我住在罗马郊外山丘上小小的公寓里，偶然停下笔看看四周，感到实实在在就像身处'哪里也不是的地方'。

"《Nowhere Man》如同《挪威的森林》一样，收在一九六五年发布的专辑《橡胶灵魂》里。在日本，标题好像译作《孤零零的人》，作者名字虽然写作列侬+麦卡特尼，但据说实际是由列侬一人作词作曲。还记得第一次听到广播里流淌出这支曲子，我就想'哇，这是首好歌'，心中留下深刻印象。听过一次便难以忘怀。歌词毫无做作之处，简洁得好似寓言一般，却又怡人地飘散着浑然天成的温温幽默，和若有若无的淡淡哀伤。"（《Esquire》杂志，施小炜译）

正是因为受到了音乐的启迪，村上春树小说中的人物灵魂深处才有了更令人信服的魅力。

在《无比芜杂的心绪》一书中，村上春树写道："一九二九年的大萧条犹自创伤深重，而放眼世界也绝非光明的时代，此后更是向着战争步步逼近，变得越来越暗无天日。然而人们仍在乌云周围探求希望的微光。连并非生于那个年代的我似乎也理解这种心情。无论何人无论何时，人们总要在乌云周围寻索着浪漫的微光活下去。"（《无比芜杂的心绪》，施小炜译，南海出版公司）

在微光中忍着伤口的疼痛，坚强地活下去，即便看不到希望和爱，也绝不闭上双眼。音乐是行走在黑暗中的人们内心的声音。在村上春树的小说里，徘徊在沉闷世界边缘的主人公过着没有节制的颓废生活，他们大肆喝酒、抽烟、谈论女人，放肆地将青春消耗，身上带着阴郁的气味，毫无自控能力，像没有明天似的活着。

这些不肯好好生活的人，总是愿意听各种爵士音乐。村上春树为他们安排了恰如其分的音乐，在他们走过城市喧嚣的时候，内心里响起的就是他们所钟爱的音乐，只有音乐才能拯救他们走出原罪。

《少年丹尼》是《世界尽头与冷酷仙境》中的一首歌，这是一首悲伤柔情的歌曲，在主人公刚一出场的时候，他就因为被困在了电梯里而下意识地吹口哨，吹出了《少年丹尼》的曲调。这是村上春树写得极为晦涩的一本书，以交叉平行的叙述方式讲述了两个看似毫无关联却又息息相关的故事。主人公一出场就是荒诞而无感的，带着冷漠的眼神低头走过，这样的主人公一出现，就是注定了要在死亡阴影里呼吸的人，在开始就能窥见他们的结局，宿命感再一次在这本小说中得以体现。

“电梯俨然一架式样特殊的高效消音金属箱。我打口哨吹了吹《少年丹尼》，出来的声音像一只患肺炎的狗的喘息。”（《世界尽头与冷酷仙境》，林少华译，上海译文出版社）

在《世界尽头与冷酷仙境》一开始的描写中，痛苦纠缠的情绪就如藤蔓似的悄悄在文字缝隙间攀爬生长，随着阅读的深入，这种折磨人的情绪深入身心。当你意识到时，那些藤蔓已经捆缚了你，绑得你动弹不得。这样的故事令人刺痛，也令人的心脏燃烧。

主人公像海水一样沉默，不可捉摸，没有人知道他到底想要什么，也无人能够给予他需要的东西。他就像一只孤独的兽，无止境地行走在冷酷仙境边缘和世界尽头。他到不了仙境，也回不到人间，他就是村上春树所设定的一个荒诞异常的符号，这个符号一心要逃离村上春树为他设定的世界。

但他无可逃脱，在最后即将要成功逃离的时候，他却忽然选择了留下，这就是村上春树为他一早设好的最终结局。那首《少年丹尼》就是为他精心而选的挽歌，他注定要与这个世界同存，他的血液、梦想、疼痛，都必须要在那里，他的生命只能在那里展开，只能在那里堕落。

这样的故事就像黑色的海水，让人望而却步，但又想要走入其中，被吞没、被席卷。听着《少年丹尼》幽幽的乐声，所有的情感都变得平静，没有起伏。

出于对于爵士摇滚音乐的偏爱，村上春树总会精心为他笔下的人物选定符合他们命运的曲子，而这些人物大多也喜爱这类如火种般燃烧不息的音乐，他们在乐声中被滋润，整个身体为之释然，音乐令他们重生。

在阅读《世界尽头与冷酷仙境》的时候，可以感觉出人物在音乐中的喘息，痛苦而丰富的人生随着音乐晃动而呼吸、摇摆，闭上眼睛，仿佛进入文字之内，同故事中的人物一同感受着音乐的起伏，音符好像水珠滴落在皮肤上，冰凉、润滑。

因为有了音乐，村上春树的小说有了律动，就算是再孤独的人，也能够在他的文字中得到慰藉，因为音乐会让内心平静。

东海岸少女多魅力，
时装都会笑眯眯。
南方少女多矜持，
走路、说话是组装式。
中西部少女大多温柔，
一见心脏就跳得急。
北方少女多可爱，
令人浑身流暖意。
假如出色的少女全都是
加利福尼亚州的……

这是《加利福尼亚少女》的歌词，是《且听风吟》中的“我”与少女因误会分开，再次邂逅的“缘分”。两个不可能有交集的人因为一场宿醉同床而眠，在少女的质疑和“我”的百口莫辩中，二人不欢而散。世界这么宽广，两个陌生人本就如同江河里的小鱼，即便擦身而过，也不会再认出对方，但命运偏偏就是不肯让他们的人生平静，在“我”前往音像店寻找《加利福尼亚少女》的碟片时，女孩再次出现。

一个晴朗的夜晚，在港口一带随便选了一家音像店走进去，然后相遇的事情就发生了。很多时候，我们都幻想自己能够以光速来到爱着的人身边，毕竟一个人真的太孤单，两个人才会让心有温度。但是，当我们以我们自己都想不到的方式一而再地遇到一个人时，我们并不能及时地意识到，这是上天给我们最好、最直接的暗示啊。

在没有爱又不敢爱的时间里，我们一直过着无从选择的生活。

“我”和女孩的重逢像是为了分别似的带着淡淡的愁绪，日渐相处中，爱情的温度与那个夏天一样高温，一切会发生的事情都在意料之中发生，两个人没有牵挂地紧紧相拥。他们还太年轻，可以不用考虑明天的事情。他们的这次短暂相处，就是一场没有归宿的漂泊，在青春的湖泊上漂泊。

如同出现一样突然，女孩的消失也无迹可寻，突然得到与突然失去一样让人感到伤感，原来这世界上的事情，真的无法自己做主。在港口的这个夏季，“我”同一个女孩一起度过了伴有《加利福尼亚少女》旋律的夏天。

如果多年之后，当年爱过的人或者以为爱过的人再次于街头相遇，看着空气潮湿、暮色弥漫的街道上，那个你亲吻过她嘴角的女孩正讶异地看着你，你是不是会飞快地走向她，低头亲吻她的唇边，看那里还有没有青春芳香的气息。

在村上春树的小说中，在一起的人总是不能够一直走到一起变老的那一天。他的小说中总是充满了流离失所，充满了生活的旋涡，将各种美好和希望都席卷一空，所有的誓言都在时间的河流中变得面目全非，但唯独音乐永久不变，旋律一如既往地好听，每一个音符都叩击人心深处。

村上春树本人是个音乐迷，他大学毕业后没打算上班，仔细考量过要做什么之后，选择开了一间爵士酒吧，原因就是可以每天从早到晚听他想听的音乐，只要和音乐与文字在一起，就是人生最大的圆满。当年的村上春树以为人生就是这么单纯，这与他生存的年代和环境有一定的关系，他是六十年代出生的孩子，用村上春树自己的话来说，“那是人生中最容易受伤害、最青涩，但也是最重要的时期”。因此，在他人生最为

在一起的人总是不能够一直走到一起变老的那一天。

关键、最为重要的六十年代，他充分汲取了生命无情的苦涩，也充分地吸取这个时代粗野狂暴的空气，也理所当然地让命运安排他沉醉其中。

在《与小泽征尔共度的午后音乐时光》一书中，村上春树写到音乐在六十年代如何汹涌、蛮横地征服了他：“我们从大门[1]、披头士到鲍勃·迪伦，这些背景音乐已充分发挥了它的作用……六十年代究竟有什么特别的呢？音乐是真好啊！那里总有超越道理和逻辑的故事，有和故事密不可分的深邃而温馨的个人场景。假如这个世界不存在音乐这个东西，我们的人生（即某一天变成白骨也不足为奇的我们的人生）势必成为更加难以忍受的东西。我从没向人学过如何写作，也没特别钻研过。因此，如果问我是从哪儿学会写作的，答案就是音乐。音乐最重要的要素就是节奏。文章如果少了节奏，没有人想读……”（刘名扬译，南海出版公司）

在自己喜爱的音乐声中，不停笔地写下小说，与其说是村上春树赋予了小说中人物以灵魂，不如说是音乐灌溉了这些人物真正的内心世界，他们与生俱来就是与音乐同在的。就好像村上春树在《与小泽征尔共度的午后音乐时光》一书中写的那样：“我每天钻进吵得要死的小酒馆，一边用微型放唱机反

[1] 大门即大门乐队，是1965年于洛杉矶成立的美国摇滚乐队。

复播放——放了一百二十遍——《佩珀军士寂寞的心俱乐部乐队》，一边不停笔地写这部小说（《挪威的森林》）。在这个意义上，这部作品得到列农和麦卡特尼的a little help。”

想要读懂村上春树的小说，首先一定要听懂小说中的音乐，因为那是整部小说的结。

南欧街头的跑者

在清晨的街道上，抑或是深夜的巷子里，时不时地总能看到跑步的人。他们摆动双臂，从容不迫地跑向目的地，无视过路之人探寻的目光，只是专注地盯着脚下的路，以防踩入水坑里或者是踢到石头。

跑步，就是体验身体与整个世界亲密无间接触的最佳途径，与其他运动不同，跑步只需一个人就可以完成，没有任何的限制，只要你迈开双腿，不论是在平坦的柏油马路上，还是在崎岖的山林小路间，随着你的心意，都可以完成。在最初开始跑步时，枯燥单一的动作会让人心生退意，毕竟持续性地做这样一种无趣乏味的运动，实在会让人觉得毫无意义，而且前方远远看不到尽头，也实在让人心生沮丧。

不论什么时候，跑步的人看起来都是似曾相识的样子，他们像是在思考什么问题，又像是什么也没想。他们好像脱离了现实生活，进入了另一个世界里，聚精会神地跑步的样子会让人不由得心生敬佩。

村上春树是一名跑步爱好者，他在成为作家之后，每天都会跑步，在早上五点钟起床之后，他会先处理一些工作上的事情，然后根据自己的时间决定跑步的里程长短。跑步给予他的不仅仅是健康的身体和越来越振奋的生活，更让他从中学习到了许多写作上的事情。

在开始跑步之前，村上春树在东京市中心经营着一间爵士酒吧。不规律的作息和嘈杂的环境令他逐渐难以忍受，就在他发现自己可以通过写作来维持生活的时候，他当即决定要过上一种健康的生活。

跑步成为村上春树生活中不可或缺的一个部分，他不会因为工作或其他原因而取消这个部分。在他旅居欧洲的那几年时间里，他也从未放弃过跑步。在欧洲的各个国家，他依然每天坚持跑步。在跑步的安宁世界里，他感到快乐，兴奋感与愉悦感超越了疲倦，好像只要能够跑步，生命中任何难事都可以解决。

在游记中，村上春树写到在南欧的一个不便之处，就是每天很难跑步。他住在米克诺斯期间，基本上是从霍拉港翻过一座山（翻山相当吃力），一直跑到岛另一侧的海滩。因为是旅游的淡季，并没有多少旅客，迎面走来的不是卖菜的中年妇女，就是农夫。冬天的风很大，村上春树几次在顶风艰难跑步时被当地的居民叫住，他们不明白这样寒冷的天气，村上春树为什么要独自奔跑，即便村上春树给他们解释自己是在跑步，他们也无法理解这样的行为。

这是村上春树在《远方的鼓声》中写的一段，他的跑步行为在当地人看来是一种怪异的举动。村上春树每天出去跑步时，总要做好被人注目的心理准备，虽然并不是什么丢脸的事情，但总会让他觉得有些不自在。

村上春树每天外出跑步，都要接受当地人的目光审视，每当他悠然自得地在路上奔跑，难免会有人盯着他，眼神仿佛在看一个奇怪的人。有时，会有人叫住村上春树，问他为什么要跑步。

“因为喜欢跑。”村上春树总是干脆利落地回答。他从不会在意别人怎么看，也绝不会因为别人的意见而打乱自己的节奏。在村上春树的生活中，每天早睡早起，每天跑十公里，每天坚持写作十页，就像与生俱来的人生法则，不得不做一样固执地坚持着。

“不是因为有事才跑的吗？”当追问的人继续发问时，村上春树会笃定地摇头，而当他们想要尝试说服他停下脚步，他从不会想要放弃。事实也证明了他的坚持是正确的，坚持自己的感受，坚持自己想要前行的道路，就算在别人看起来像个傻瓜似的。

在南欧跑步令村上春树困扰的另一个问题是狗，在他旅居西西里巴勒莫期间，常常在跑步时被放养的狗追逐，尤其是他途经的一家加油站的一条白毛狗，常常不顾一切地跟在他身后大叫追逐。虽然狗的主人也会站在一旁，但面对村上春树的窘迫，这位主人只是呆站在一旁无动于衷，任凭自己的宠物追得村上春树气喘吁吁。

为了能够安然跑步，开始的几个星期，他都手拿护身棍奔跑，但手持棍棒奔跑，总是会引起警察的注意，这让村上春树颇为苦恼了一阵。关于这一段经历，他在《远方的鼓声》中有所提及。他想，这样下去，自己无非是面对两种选择，要么放弃跑步，要么勇敢地和恶狗正面交锋，一决胜负。对于绝不会放弃跑步的村上春树来说，选择第二种自然是无可置疑的了。虽然内心忐忑，但他还是怀着岂能败在狗的爪下的心情，决定豁出去。

为了不被这条不给面子的白色大狗打败，村上春树做出了主动出击，他主动大踏步地向狗走去，一动不动地盯着狗，向它示威。在他恶狠狠的瞪视下，狗也不甘示弱，“汪汪”大叫着提升自己的声势。看到狗如此凶恶，村上春树心里也是很没底，但表面上依然不肯服软，用日语和狗进行“口头”上的较量，在街头，一人一狗彼此对峙，互不相让。

最终，狗的眼睛里出现了困惑的阴影，不再像之前那样有底气，这样一来，村上春树便彻底占了上风，他看准时机，迅速凑到狗的面前用日语大吼一声：“你这个浑蛋，看你还敢捉弄我！”自从这一次的较量之后，总是困扰村上春树的问题便解决了，再也没有狗在他跑步的时候追在他身后跑了。

想要做的事情，不论遇到什么困难，都会想办法坚持做下去的。坚持，实在是一种很奇特的体验，我们常常会和不同的人做同样的事情，可每个人能抵达的程度却是大相径庭，如此两相比较下来，不免会有些心灰意冷。对于村上春树而言，这样的问题也是难以回避的，从他开始跑步以来，在他人生的后半期，他作为跑步者的巅峰到来了。

村上春树曾给自己计算过："我是以三小时半为标准来跑马拉松全程的，这样算下来，节奏正好是一公里跑五分钟，但并不是完全按照标准来的，有的时候会突破三小时半，有的时候又不能。"但是这种纪录并没有保持很久，在之后的时间里，势头渐渐不对了，虽然村上春树依然和之前一样练习，却感到越来越吃力，花费的时间越来越长。这对他来说是一个不小的打击，即便万般不想承认，也不得不面对现实。面对人生的这道"分水岭"，他并没有选择放弃，依然坚持跑步，依然在世界各地奔跑。

在坚持自己喜欢的生活时，心里就会有一个声音坚定地说："这不就是你寻找并且想要的生活吗？"

跑步与写作就是村上春树喜欢并不断坚持的生活方式，他不会因为身体与年龄的问题而放弃跑步，也不会因为在艺术领域感到困惑而停笔不写。他认为好的艺术家的巅峰状态因人而异，比如陀思妥耶夫斯基在去世前的最后几年才完成了《群魔》和《卡拉马佐夫兄弟》这两部经典之作。

最好的生活不要急，最好的时光也不用等。该来的会在悄然流逝的岁月中不偏不倚地落在你手中，不需要躲闪，不需要惶恐，只要接受就好。

《远方的鼓声》一书中，村上春树写了跑步途中见到的各种景物与他乡陌生人，陌生的经历带给了他全新的经验，让他能更好地了解这个世界，这是时间给他的最大、最好的礼物。在外出旅行途中，跑步是很快意的事情，可以一边奔跑一边欣赏沿途的风景，空气与自己的皮肤接触，感受着在不同城镇奔跑的不同感觉，所有的一切都令人兴致盎然。跑步会让村上春树感到自己是活着的，他所见到的沿途中的每个人都是活着的，这种感觉真实、神秘。

当村上春树在多年之后重返剑桥小城，他看着眼前的查尔斯河，想到上一次站在这里还是十年之前。岁月就如同眼前的河水一样波澜不惊，河流没有任何的变化，但他的岁数已经增加了十岁，皱纹也爬上了额头，此情此景，很是应了那句话：物是人非。

当时村上春树涌上心头的第一个感受是：好想跑步呀！

就像十年前那样，不管不顾，不理会旁人的目光那样跑，看着路两旁的植物纷纷后退，看着脚下的道路笔直延伸。不管在哪里，也不管时间过去多久，河流没有丝毫的变化，依然在静静地流淌，保持着昔日的姿容，喜欢的事情也没有放弃，依然每日在坚持，这就是最好的人生状态。

四季更迭，岁月流转，不急不慌，无休无止，人生就好像这条查尔斯河一样，从石桥下流过，从草地旁淌过，向着波士顿流淌，经历了许多的考验、种种的障碍，依然默默无声地、不可动摇地流向大海。

从东京开始，跑过大半个地球

这个世界上最美的风景就是已经逝去的风景。有人曾说过：当你看过一处风景，再回头去看时，总会觉得不如第一次看时那样撩动你的心弦。这话的意思大概是想告诉我们，生命急促而漫长，更好的景致永远在下一站，所以不需要回头怜惜因为匆忙而没有细细观赏的过往景色。

村上春树是一个见过许多风景的作家，他喜欢进入不同的环境中，像一个单纯少年一样探知所有未知世界的乐趣。翻译过很多部村上春树作品的林少华曾经这样描述他眼中的村上春树：蓝色T恤衫、蓝色牛仔裤，剪着“十足小男孩”的发型，

这个世界上最美的风景就是已经逝去的风景。有人曾说过：当你看过一处风景，再回头去看时，总会觉得不如第一次看时那样撩动你的心弦。

不是很爱说话，笑起来有些腼腆。

这样的村上春树就像一所建造在山丘上的小房子，虽然偏僻，难以靠近，但远离喧嚣，安然独处。村上春树有自己的精神王国，他努力将其置于自己个人的绝对统治之下，享受独自待于王国之中，不喜欢被别人闯入。在自己的精神王国中，村上春树悠然独行，乐在其中。

村上春树爱上跑步不是偶然，他不肯安定于一隅的性格，注定了他要四处游走的人生。在《村上朝日堂》中一篇名为《搬家杂记》的文章中，村上春树写了自己少年时期的搬家经历："从我懂事到高中毕业只搬过两回家，这让我一肚子意见，很想多搬几回。而且这两回搬家，作为直线距离不过是在一公里的地域内移动，简直算不上搬家。从兵库县西宫室夙川西侧搬去东侧，又搬去芦屋市芦屋东侧，如此而已。"（《村上朝日堂》，林少华译，上海译文出版社）

可以看出，村上春树从小就希望能够见到更多、更广阔的天地，后来他称自己写作是为了让灵魂获得自由，那么，他跑步丈量世界上的每一寸所到之处的土地，是为了让想象力获得自由。他曾称自己写作的技巧就是"打开想象力世界那扇门进去又出来"，想要找到这扇门并不是容易的事情，所以，只有不断地跑，用眼睛、用嗅觉、用身体的每一个毛孔感受世界，与世界亲近，才能走进那扇门里。

世界上的任何一处所在都有跑步的地方。跑步，简单来说，是一项单调而机械、技术性不高的运动。村上春树从一九八二年开始跑步，他认为写小说是一种不健康的生活，每天伏案工作，会令身体里积攒许多的毒素，“藏身于人性中的毒素一般的东西，便不容分说地渗出来，浮现于表面”。所以，只有跑步才能对这种毒素免疫，只有跑步才能令“我们打造出一个能与这种危险的毒素对抗的免疫体系”。

“我的运动神经和发射神经并不十分出色，不擅长那些速战速决型的体育项目，但是长距离跑步和游泳与我的性情相符。”不管是工作还是其他的事情，村上春树只是按照自己喜欢的方式去做，他几乎不做自己讨厌的事情。他身上有着日本男人独有的坚韧气质，像一棵长在青山的苍松，拼命生出结实的根，吸取土壤中不多的养分，好让自己能够向着蓝天更近地生长。

每天清晨，村上春树在街边跑步，他经过刚刚关门的酒吧门口，经过摆放着精美套装的酒店橱窗，经过停车场，经过白日里热闹非凡、车水马龙的街道，整座城市都是他一个人的世界，他纵情其中，享受着独处的美妙乐趣。姿态优雅地跑过去，无声的时间在他跑步时带着压倒一切的力量冲过来，令他切身感受到生命的重力。

“在东京时，大体是去神宫外苑跑步。那是神宫球场旁边的环形慢跑道，跟纽约的中央公园当然无法比，不过在东京的闹市中心，却是甚为少见的绿意盎然的地段。这条慢跑道我长年累月地跑惯了，连细微之处都铭刻在脑子里。哪儿有坑哪儿有洼都记得一清二楚。对于需要时时意识到距离的练习，这儿最合适不过。问题是这一带交通量很大，在某些时间行人也很多，空气不太干净。不过在东京的正中心，不可奢求。况且它就在住所附近，仅此一点就该谢天谢地。”（《当我谈跑步时，我谈些什么》，施小炜译，南海出版公司）在这本带着自传性质的《当我谈跑步时，我谈些什么》一书中，村上春树详尽地写了他在世界各地、在各个时间节点跑步的细节和心得，就像一望而知的风景。在这本书中，村上春树好像是在谈论跑步，但其实是在品味人生和岁月。

“我觉得人基本就像一个实验室。只不过是一间仅此一次、不能反复实验的实验室，必须扎扎实实、非常耐心地积累数据，用自己的眼睛去确认得到的结果。也许得不到什么像样的结果。就算这样，明确目标积累数据，也总比什么都不做强得多。”（《大方》杂志采访，张乐风译）正是因为抱着这样的想法，村上春树一直坚持跑步。有人问他之所以常年坚持跑步，是不是在挑战自我、挑战极限。

“我觉得每天坚持跑步与意志的强弱没有太大的关联，想偷懒的时候，只要问一问自己，你作为一个小说家，不需要早出晚归挤在满员电车里受罪，也不需要出席无聊的会议，这不是很幸运的事情吗？与之相比，不就是在附近跑上一个小时吗，有什么大不了的？”（《当我谈跑步时，我谈些什么》，施小炜译，南海出版公司）不光在东京跑步，村上春树去到世界上的任何地方都坚持跑步，跑步对于他的日常生活，就好像吃饭睡觉一样稀松平常，又不可或缺。

像例行公事般罗列数据、标注时间，这样记录式地写下跑步的目标和频率，在《当我谈跑步时，我谈些什么》一书中并不少见，这是村上春树在夏威夷州考爱岛上的跑步训练，在那一年的七月，他去了一趟希腊，独自从雅典开始跑马拉松，这是因为偶然有一家男性杂志找上门，希望村上春树能够去一趟希腊，写一写相关的游记。所以，村上春树前往希腊，在那里进行了一趟马拉松路程的逆向奔跑。像这样在世界各地跑步对于村上春树来说是家常便饭，他认真地做着跑步前的热身准备，认真地跑下每一段旅程。

当和村上春树一起来到希腊的摄影师看到村上春树真的打算跑完全程时，惊讶地问他为什么不随便跑几步，摆摆样子，拍几张照片就算了，毕竟要跑完全程的马拉松十分耗费体力，辛苦而且毫无意义。村上春树说既然要跑当然就要跑完全程，怎么能只是摆个样子呢？带着摄影师不理解的目光，村上春树将全程跑完。之后，村上春树为杂志交了一篇稿子，翔实地记录了他跑这段路程的所见所想。

如果仅仅是为了给杂志交稿而做做跑步的样子，那村上春树也就不是村上春树了。只要能跑，他无论如何都会坚持的，就好像只要能写作，他就一心一意地写作，当跑步和写作都无法做的时候，他就耐心地等待。他知道静静地等待也是自己人生的一部分，他一边做着翻译、写着随笔，一边等待恰当的时机到来，感到时机来了，他便抛开其他事情，专心跑步、写小说。

事情就是这样，远没有想象中的那么复杂，只要你下定决心去做，便没有什么可以顾及和后怕的了。

“不在一定程度上约束自己不行，生活太过轻松的话，人就要完蛋了。这也是每天坚持跑步的理由之一。不想写

事情就是这样，远没有想象中的那么复杂，只要你下定决心去做，便没有什么可以顾及和后怕的了。

的时候也要坚持写，想一想，这本来就是理所当然的事情啊。”（《大方》杂志采访，张乐风译）村上春树享受跑步，就像美食家享受美食、旅行者享受美景一样，他知道这种乐趣无论什么时候只要他乐意都是可以享受的，这种享受令他心里感到了惬意和满足。他喜欢在世界各地跑步，在陌生的城市、陌生的街道，看着陌生的风景，听着陌生的雨声，正如他自己坦白承认的那样：“一如某种人去陌生地方必去大众酒吧，一如某种人去陌生地方必找女人睡觉，我去陌生地方则必跑步。”（《远方的鼓声》，林少华译，上海译文出版社）

只有通过跑步，才能感觉到这个世界的变化，感觉到自己的变化。这样跑步的勇气并不是别人给予的，并不是有个人过来劝诱，所以才跑步的，就是某一天决定沿着马路开始跑步，村上春树就这样坚持不懈地跑了下来。而后，当他选择做一名小说家，也并不是有人跑来劝他当一名小说家，而是他出于喜欢，所以在某一天做出了这样的决定。不拘泥于任何人的意见，只是因为自己喜欢，便按照喜欢的方式做喜欢的事，他就是这样生活的。就算遇到了别人的阻挠，也不会轻易改变。

在许多人效仿村上春树跑步时，在《当我谈跑步时，我谈些什么》一书中，村上春树告诉大家，他到底为什么坚持跑步，跑步对于他来说意味着什么。成长的过程并不全然是美好的，总会有一些痛苦与无奈，与其厌恶和躲避这些痛苦和不愉快的事情，倒不如接受这个不完美的世界，接受这个世界的无奈，接受这个世界的不公平，接受这个世界一切令自己不愉悦的因素。这样才能真正发现自己与世界之间的距离有多远。

随着年华逝去，肌肉也会老去，但肌肉的记忆却不会老去，每天清晨，村上春树就会被肌肉想要跑步的念头叫醒。穿上跑鞋，不论他身处世界的哪个国家，不论外面是炎热还是寒冷，他都会跑步，从不会和自己通融。对于坚持跑步这件事，村上春树自有自己的坚持，有些人对他的跑步进行嘲笑："难道就那么盼望长命百岁？"村上春树不去理会这种小嘲笑，他知道这个世上因为跑步而长命百岁的人大概不多，其实能否长寿并不是他跑步的关键目的，他想着至少要在有生之年过得完美。抱着这样的心态跑步，才是他的目的。

跑步并不会一直带给他愉悦的感受，也有狼狈不堪的时刻，有时候跑着跑着突然大腿痉挛，需要慢走好长一段时间，忍受疼痛，忍受身体机能退化的无奈。但这个世界上的事情往往如此，不会总是尽如人意，所以，一旦选择了自己要跑的道路，就算拼命也要不断向前。

找到自己的旅程

旅行总有结束的一天，人不可能永远在路上，从哪里来，最终还要回到哪里去，这是宿命的圈，谁也逃不出去。这也是村上春树笔下的命运之轮，也是他时刻怀在心里的一种无奈的苦闷。在村上春树笔下的主人公，他们也时常心怀苦闷，彷徨迷茫，对自己、对旁人，对周遭的一切一切，这种苦闷无从排解，无法发泄，所以村上春树笔下的那些人，他们用爵士乐、啤酒、情欲来对抗这种苦闷。

村上春树则是用写作和旅行来排解这种苦闷，不过用村上春树自己的话来说，苦闷并未因为写作而减少，也没有因为各地的旅行而减弱。这种来源于内心无处排解的心绪，成为村上春树写作的动力，也成为他灵感来源的祭奠。

在《挪威的森林》中，村上春树以渡边的口吻苦闷地写道：生活就仿佛泥潭一样，每踏出一步，都要费尽千辛万苦，艰难地在泥潭中挪动脚步，前后都无依无靠，眼睛所看到之处，只有一望无际的灰暗。无法确定自己的方位，也没办法找到要前行的正确方向，所能做的，只有不停抬脚，向前迈出。

这难以走出的泥沼就是心中的苦闷，带着心中的苦闷和迷茫，村上春树在世界各地辗转，进行自我疗养，“世上有可以挽回的和不可挽回的事，而时间经过就是一种不可挽回的事”（《国境以南，太阳以西》，林少华译，上海译文出版社）。在无可挽回的时间流逝中，他不断地在小说中探讨着存在的意义，寻找着自我存在的意义。

人生本就是一场不断前行的旅程，旅行中会不断遇到各种各样的问题，如果怕麻烦，就没办法走得远、走得多，只能老老实实在家里待着。那些之前为之烦忧的心情自然也就烟消云散了，化身于身后另一道风景之中。

说起来似乎不可思议，但事实的确如此。米兰·昆德拉早已经将其看得十分透彻，他写道："旅程无非两种，一种只是为了到达终点，那么人生便只剩下了生与死的两点；另一种是把目光和心灵投入到沿途的风景和遭遇中，那么他的生命将是丰富的。"

在欧洲旅居的那些日子里，村上春树看过许多美丽的风景，但他人生的终点并不在这里，旅行只是让他的人生更充实，他还有更远的目标要抵达。在《远方的鼓声》一书结束的章节中，村上春树感慨，就算是再秀美的风光，但如果日复一日不停地看，就算是阿尔卑斯山，也会看腻了。习惯了美景之后，便不会再感受到新奇，只会觉得周围的一切都是理所应当的，美景中也会生出乏味来。

再丰富的旅程也终有结束的那一天，村上春树旅居国外三年后，他的海外生活大体就结束了。在一九八九年，他决定返回日本，回到往日的生活中。去了各种各样的地方，见了各式各样的男男女女，虽然学到了很多，也知道了许多，但这种孤独飘零的海外生活远比当初预想的要辛苦，有些应付不消。村上春树知道寻找自我本就是艰苦的行程，在烟雾弥漫、高度发达的资本主义社会里，每日匆匆忙忙生活于钢筋水泥之中，有的只是压抑和麻木，根本看不到原本的自我。

再丰富的旅程也终有结束的那一天。

但人总要找一个落脚之处，不能永久地漂泊，就如同村上春树在小说中写的那些主人公一样，他们努力挣脱，奋力出逃，但最终都回到了轨迹之上。这不单单是宿命，更是一种成长之后的责任，“我以后必须在这土地上肩负作为一个作家、一个大人的责任生存下去，这是先决性的问题”。

村上春树回到这个单调、混乱的现实世界，内心还期冀保留本真的本我，“回日本后一段时间里，我几乎没能写作，脑袋好像晕乎乎的，重力好像不大一样。差不多一个月时间我基本上糊里糊涂什么也没干。我对处于哪个场所的自身资格这个那个想了很多。每天在自己家周围跑步、看书，和久别重逢的人喝酒、开玩笑，温泉也去了，可坐在桌前偏偏无从落笔，写了个开头的短篇一直扔在那里”（《远方的鼓声》，林少华译，上海译文出版社）。

在充满这种落差的空白时间段里，村上春树认真思索了在这个虚无主义的时代如何排解内心的苦闷，他的答案是无法解决掉这种苦闷，但他并不为此感到悲观。在这个时代里，每个人都无法躲过这种苦闷，既然人人都要面临，那每个人就需要努力去找到自己的解决办法，找到每个人心中的自我。

对于自我的要求，村上春树一向不苛刻，他称就算是一个不完美的自己，也并没有什么特别不方便的。“恰到好处”才是他人生的一个关键词，对于我们每个人来说，这都可以当作一个关键词。不是每一个人都能按照自己理想的样子生活的，大多数人总想按照希腊雕塑一样雕刻自己，从自己身上拿掉原本珍贵的部分，希望能够令自己绽放照亮眼底的光芒，但这样的期冀总是可遇而不可求，反而会错过原本更加精彩的自己。

村上春树在《大萝卜和难挑的鳄梨》一书中这样评价自己：“总之对于我来说，‘恰到好处’成了我人生中的一个关键词语。我长相不算英俊，腿也不长，我的五音不全，智商也不算高，不是个天才，仔细想一想，我基本是一无是处的人，不过我自己倒不会觉得难过，反而是想‘如果说这样恰到好处，那就是恰到好处了’。认真想一想，如果要是一切都太过完美的话，那人生只怕就没有现在的安逸和舒适了。如果腿太长的话，坐飞机就会觉得座位的空间太过狭窄；歌唱得很好听的话，就会一直在卡拉OK里唱歌，喉咙里只怕要长出息肉了；而成了天才的话，又会开始不断担心有朝一日才思枯竭该多么苦恼……这样一想，就会释然许多，眼下的这个自己虽然不是很完美，但也没有什么特别不好的地方。”

到底是应该感谢自己的平庸，还是仇恨自己平淡无奇的人生呢？如果纠结于这里，那不论人生走多远，都会觉得内心没办法被治愈，倒不如像村上春树那样洒脱一些，不管到了多大的年纪，做一个“恰到好处”的人吧。如果能够不紧不慢地生活，做一个恰到好处的人，不论自己到了多大的年纪，生活也依然会是细水长流，虽然这样并不是很容易做到，但尽量努力，也是可以的吧。

村上春树带着生活赐予他的平凡和卑微，从没想过主动放弃生活，更没想过放弃并不优秀的自己。他没办法像十足优秀的人那样熠熠生辉，却相信自己足够好，他的内心放松而自信，他的脸上带着并不生涩的微笑，友善而坚持。

这样的念头并不是一开始就成立的，村上春树也是经历过生活的锤打之后，才逐渐领悟了生命真正的含义。我们总是在经历了许许多多事情之后，发现到头来还是回到了原点，回到了当初出发的地方，看上去好像一无所获，除了年龄增长了之外，人生并没有得到其他的馈赠。这样的念头会让我们感到疲惫和无奈。

从欧洲回到日本后，村上春树也一度陷入无所事事，什么事情也不想做，一行文字也写不出来的迷茫状态，但他之后很快想清楚了，“就算重新回到原地又有什么不好呢？更糟糕的可能性都是有过的”（《远方的鼓声》，林少华译，上海译文出版社）。总的来说，他是个乐观的人，这是他同整个世界对峙至今仍能和谐相处的动力。

福克纳说过："我们都在苦熬。"成长是痛苦的，我们都无比渴望回到少年时期，回到懵懂无知、对一切都勇敢无畏时期，在那个时候，未来还没有那么糟糕，自己还没有那么孤单。可是现在，我们所要做的不是缅怀过去，而是发觉被我们藏进角落里的真正的自己，也许糟糕的没那么糟糕，苦闷的也不是很苦闷。